ふること語り

――渡来の大族・秦氏を育てた長たち――

山本範正

郁朋社

ふること語り　——渡来の大族・秦氏を育てた長たち——／目次

装丁／宮田 麻希

ふること語り

——渡来の大族・秦氏を育てた長たち——

筋

「そろそろ、また、聞かせてもらえんやろか？」

待合の竹敷でくつろぐ養生客のなかから、機物屋《はたものや》のカマタリが例の誘いをかけると、

「そういえば、あれから三月《みつき》ほどになるな。治《ち》も早う終わったし……語ろうか」

野巫薬師《やぶのくすし》のシムラが手をふきふき上がってきて、どっかと腰をおろした。口元が、思わずしらずほころぶ。

このところ、大倭《やまと》（もと倭、のちに大和）の大野（奈良盆地）がめづらしく静かである。野分《のわき》は一度来たが、さして被害はなかった。大雨《ひさめ》や長雨《ながめ》もしばらく降らず、大きな地震《なゐ》もない。どうやら、天《あめ》の神も、地《つち》の神も穏やかに鎮まっておられるらしい。

なにより、疫病神《やくびょうがみ》が憩われるようで、この夏まで筑紫から畿内にかけてしばしば蔓延した疫病《えやみ》がしばらく流行らない。お陰で、庵を訪れる病者《ぼうざ》は少なく、シムラは日々、朝明けから一刻（二時間）あまり向こうの葛城の御山に出かけて狩りまわり、薬に煎じる草根木皮《そうこんもくひ》をたっぷり貯えた。昼さがりは、

故事《ふること》（また古言）辿りという楽しみ、いや、終生の営みに没頭し、それを知己に語る〔ふること語り〕の料《れう》を温めた。

ちょうどそこに、カマタリからいつもの誘いがかかったのだ。

むろん笑顔で応えたが、このときを待ちわびていたのは、常連客の方だろう。シムラがお決まりの横座に腰を下ろすまえに、聞き手たちが小さな円居《まどゐ》（車座）を作っている。

シムラの真向かいに座るのは、いつもの通り、カマタリである。難波（現、大阪市一帯）生まれの孤児《みなしご》あがりながら、一度でも来た客の顔は忘れないという物覚えの良さと、身を粉にして働きながら培った商いの目端《めはし》を利かして小銭を蓄え、五十路《いそじ》の坂をまえに、平城京《ならのみやこ》の西市の片隅に手狭な織物の肆《いちくら》（店）を構えたことのある小商人《こあきうど》である。

もっとも、二年ほどまえ、いまになって「この世の片方《かたへ》（相棒）やった」と焦がれる妻《め》を亡くすと、あっけなく意気消沈し、最初の、また最後に違いない立身の証の肆を一人息子に譲って、ひとりひっそりこの秦庄《はだのしょう》に越してきた。いまは、下つ道（古代の奈良三官道の一つ）の外れに小屋《をや》を借りて、開けたり閉めたりのなまくらな小商いを営む。

なかば貧乏隠居の身なのだが、恬淡《てんたん》などという清貧な風情にはほど遠く、気分はいまなお生臭い。その骨の随に染みついたような好奇心を異様に働かせ、俗気渦巻く娑婆を眺めまわして、人情、世情を笑いながら暮らしている。さながら、下世話という名の霞を喰らって棲息する〝うわばみ〟のごとき風体である。

その〝巷談通〟が、いまシムラの〔ふること語り〕に嵌まっている。世間の裏話に飽き足らず、いにしえの人情、世情の〝素朴な不思議〟に取り憑かれているのだ。

世慣れた、また、つねづね巷に触覚を広げている〝世間通〟だから、勉強一筋のシムラとは目の付けどころが違い、聞き手というより、良き語らい相手になっている。ただ、苦労が過ぎたせいか、世を拗ねる僻み屋の嫌いがあり、斜《はす》の構えてものを見る皮肉屋の癖《へき》もある。また、「しゃべって、なんぼのもの」と、うそぶく小商人だから、腹に抱いた不審、不平をそのまま口に出す。が、それも、語りを混ぜっ返す類《たぐい》のものでなく、シムラもその御託を〝意表の妙〟と楽しみにし、得意の講釈の〝誘い水〟にもしている。

カマタリの左に、飛騨から流れてきた口寄せ巫女のモモナが片膝を立ててすっと座る。

巫女、とは呼ばれるが、モモナは、御門《みかど》はむろん、神社に仕える律令下の神子《みこ》でない。〔卑弥呼〕のむかしから、村々で神楽や祈祷を捧げて神を和《な》いできた巫《かむなぎ》、野巫《やぶ》である。その巫女も世間が勝手に呼ぶもので、モモナは口寄せを生業《なりはひ》にする。わが身を憑り坐《よりま》し〔媒体〕にして神を降ろし、そのお告げを託宣する〔神口《かみくち》〕、神隠しに遭った童などの生霊の口を寄せる〔生口《いきくち》〕、亡き親などの死霊の口を寄せる〔死口《しにくち》〕をすべてこなす生来の霊媒である。

といっても、恐ろしげな老女《おうな》ではない。モモナは三十《みそぢ》の女盛り、それも、当世人気の下膨れの美《くは》し女《め》である。その艶やかな見目形が、この大人たちの〔ふること語り〕という、少々珍妙な集いに、いつもながら妖艶な色を添える。

みずから色を添えるわけでない。いまも、座るや、素っ気なく目を閉じ、〝瞑想〟に耽っている。国から国にさすらう歩き巫女が舐めてきた酷な過去を映す意固地な仕種のように見えるが、それが、寝ても覚めてもこの世と異界を行き来する霊媒の常なのだろう。

所作はともあれ、語らいは耳に届いているに違いない。それが印に、物語の成り行きに喜怒哀楽の気振《けぶ》りを表わし、ときに渦中の人物の口を寄せもする。あたかも、耳朶《じだ》に触れる〔ふること語り〕に映ろう千古の世に溶け入り、その心象風景を眺めながら、夢、幻のときを過ごすかの趣である。

カマタリの右に、雇車屋《こしゃや》の女房のエツメが豊かな尻をたっぷり下ろし、われ知らず目尻を下げる。この四十路の大年増にも、この〔ふること語り〕が何よりの楽しみなのだ。

エツメも下ぶくれの面《おもて》を持つ。美形とはいかないまでも、福相である。それが自慢の亭主がエツメを我が家の御宝のように大事にし、子育ても、家事も、いっさいを端女《はしため》にやらせるという。このところ急増してきた請負運搬業の亭主は、近在の寺社を上得意とする。その寺社が、田荘《たどころ》からあがる所得《しょうとく》と、その余りを百姓に貸し付ける出挙《すいこ》で潤っていて、そこから預かる荷が増え、有卦《うけ》に入った亭主が福々しい女房を箱入りにするというのだ。

お陰で、エツメは「日並み徒然《つれづれ》」という、巷にあふれる貧から見れば極上の、当人にははなはだ迷惑な〝安楽〟にどっぷり漬けられている。で、この〔ふること語り〕を、その退屈を凌ぐ恰好の、というより只ひとつの遊び場にするらしい。

もうひとり、土師《はじ》のヒノが笑顔を添える。六十年ほど前に韓半島を統一した新羅《しらぎ》から渡ってきたヒノは、伯父が和泉《いずみ》国（大阪府・泉州）の陶村《すえむら》に設けた窯《かま》で働く。二十歳《はたち》過ぎとまだ若いが、韓《から》渡りの技を持つひとかどの陶工である。韓では並みの職人も、大倭では〝匠〟で通るのだ。

京《みやこ》を物見するのが大の楽しみといい、来ればかならず「秦庄の父《かそ》」と慕うシムラを訪れる。以前、腹を下したときに貰った薬がてきめんに効いたとかで、シムラを薬草の神様と崇めるような物腰である。今日は、夜もすがら丹比道《たじひみち》（のちの竹内街道）を歩いてきて、庵でひと寝入りしていたところ、思いも寄らず〔ふること語り〕の座が立ち、それを、シムラと妖艶な巫女のあいだで聞けるとあって、円らな奥目を横一文字にする。

その円居に、端女というには薹《とう》の立ち過ぎたキキがいそいそと薬草湯を配る。大家から差し入れの藻塩をひとつまみ入れた、ほのかに甘い、シムラ自慢の湯である。

配り終えると、キキも、皺の掌に椀《まり》を包んでシムラとエツメの間にちょこんと座った。今日の下働きは終わったが、帰る気はさらにない。（さあ、これからが楽しみ）という喜色が皺の笑顔と齢《よはひ》とも思えぬ軽やかな動きに浮きでる。数も定かでない孫たちが寄りつかない年頃になったいま、庵の療治客と交わす下世話と、この〔ふること語り〕を「こよなき楽しみ」にしているのだ。

「さあて、此度《こたび》は、ひとつ取って置きを語ろうか」

「取っとき、ゆうと？」

「われら秦氏《はだのうぢ》の祖《おや》たち、なかでも末葉《すゑば》からいとう慕われる秦河勝《はだのかわかつ》の伝えじゃが……」

金壺眼《かなつぼまなこ》を輝かせたカマタリに、シムラが少々もったいをつけた。太い声が弾む。いつか語ろうと、かねて用意の語り種を披露するという楽しげな声である。

野巫薬師という、祈祷やら秘伝の薬草やらを用いて治療を施す在野の巫《かむなぎ》である薬師が語り手というのは、いささか妙なようだが、シムラは市井の史家という顔も持つ。

幼いころ、渡来系の大家である秦氏の末端に連なるある薬師に拾われたシムラは、その師から、薬草学を仕込まれるとともに、人の道を教えられ、また、秦氏に伝わる先祖の働きを聞かせてもらいながら育った。その秦氏に満ちる厚い人情に包まれるうちに、優しく逞しい家風に惹かれたシムラは、その気風を育んだ祖《おや》たちの伝えに歓喜し、やがてみずから伝承を辿りはじめ、それが高じていにしえの歴史に目を広げて難しい『紀』や『記』などを読み漁るようになり、いつしか、いっぱしの史家に生い立った……というものである。

若くして「師を超える名医」と名をあげるまでなった勉強家だから、五十路《いそぢ》のいまも、一汁一菜の夕餉もそこそこに、いにしえ探訪に没頭する日々を過ごす。

が、研究だけでは物足りない、というのも人情である。生来欲の浅いシムラにも、興のそそられる故事を人に語りたいという〝好事家の欲気〟のようなものがある。

厳しく、また単調な憂き世に疲れて、遊戯《ゆげ》に焦がれる百姓《ひやくせい》（庶民）も、その語りを待ち詫びている。で、いつもの知己が集えば、この風変わりな大人たちの〔ふること語り〕となる。

村の姥《うば》たちが語り継ぐ〔昔話〕のような、歳月にこなされた物語でない。題材は、『紀』『記』に記される〝史実〟や、秦氏と巷に伝わる千古の故事と、そこに映るいにしえの人情、世情である。そのつどの主題こそあれ、あらかじめの筋書きなどはなく、語り手の想の向かうまま、聞き手の興の趣くままに語らう一度限りの語らい、である。皆して太古の世界をさすらい、その虚と実境に分け入って、驚き、呆れ、感じ、戯れるという、至福のひとときなのである。

ところは、平城京《ならのみやこ》から南へ半刻ほどの十市郡・飫富《おお》（多）郷（現、磯城郡田原本町多あたり）。村人が平城京の向こうを張って「奈良の大野の臍《ほぞ》」と鼻を高くする大字秦庄のはずれに立つシムラの庵《いほり》。

ときは、天平のなかば、九月《ながつき》の末の昼さがり。黄葉《もみぢ》の盛りには少々早いが、澄みきった気が盆地をおおい、盆地を囲む〝青垣〟と歌われる東の笠置、西の金剛、葛城の山地がくっきり見渡せるこのごろである。

世はなお乱れたままで、百姓が貧をかこち、そのか弱い者たちを狙うさがない引っ手繰りや盗人が横行する。人の醜い性《さが》が露わに入り乱れる陰鬱な世情に変わりはないが、しばし、身と心の休まる時候ではある。

「こたびは、秦さんのご先祖の伝えか。そらあ、楽しみやなあ。韓《から》から渡ってきて大倭で一、二を争う大きな氏に成りのぼったて言《ゆ》われる秦さんのことや。いずれ、ご先祖のことを聴かせてもらいたいて、思うてたとこなのや」

「戸《へ》の数は、おそらく国内《くぬち》一じゃろな、ふっふ」

カマタリのいつもの盛りあげ、とは分かっていても、シムラはつい目尻を下げる。

「数ばっかりやないやろう。秦さんには、シムラのような薬師のほか、種々《くさぐさ》の匠や道の人（専門家）らが多《さは》に居はる。その秦さんのご先祖のことや。しかるべきお方がいろいろ居はったんやろう？　それに、秦河勝さんゆうたら、名アに聞くお方や。山城の葛野《かどの》では、その名を知らん人はおらん、ゆわれるほどのお方やろう。彼処《あこ》の大道や川を普請し、寺や社も建てはったとか。たしか、この村の秦楽《じんらく》寺《じ》を建てたお方やな」

「厩戸皇子《うまやとのみこ》、みなが太子さんと仰ぐ上宮太子《かみつみやのひつぎのみこ》（後世の贈り名が聖徳太子）から、千手観音菩薩の御像《みかた》を賜って、あの寺に安置した人じゃな、ふっふ」

手もなく囃し立てられたシムラが思わず〔太子〕を口にすると、

「そやった。河勝さんは太子さんに仕えてはったんや。いよいよ楽しみやな」

カマタリがすかさず〔太子〕に喰いつき、エツメとキキを盗み見た。おのれの興もさることながら、ふたりにおもねる例の手なのだろう。ふたりは、このごろ貴族から庶民のあいだに広がりはじめている太子信奉者の端くれに連なる。小商人がこの好機を見逃すはずもなく、まずは太子の説話をひとしきり、という魂胆をわざとらしくみせつける。が、

「河勝は、太子に近う仕えたが、舎人《とねり》（近習）でのうて、秦氏の長《おさ》じゃった……というのは後にして、河勝は七代目でな、祖は弓月君《ゆつきのきみ》という人と伝わる。七代目というても、河勝の代までに長らしき名の人が十人《とたり》あまりを数えるから、定かなことは分からんが、母屋に限れば七代目に当たるらしい。いまは、その母屋も幾十《いくそ》にも分かれておるがな、ふっふ」

シムラも慣れたもので、カマタリのいつもよりやや押しの弱い誘いをやんわりかわし、

「弓月君は、応神天皇の十四年に韓の百済から来帰《まうけ》た、と『紀』に記される」

面映ゆげに胸を張って語りだした。これぞ、師と仰いだ翁から聞かされた栄《は》えある祖先たちの伝承（その家風に惚れ込む秦氏の祖だから、血のつながりはなくとも〝心の祖〟と崇めている）の筆頭を飾る驚喜の伝えなのである。

ちなみに、〔応神天皇〕は、平安初期に第十代〔誉田天皇《ほむたのすめらみこと》〕に贈られて、『紀』に付された漢風諡《かんふうし》号《ごう》とされ、天平の当時にはなかった尊称であるが、ここでは、いずれの天皇にも、その簡潔で馴染み深い漢風諡号を当てる。

「ご先祖が渡ってきたことが『紀』に伝わるのか……河勝さんは、たしか百年《ももとせ》ほど前の人やろう。その七代前ゆうことは、おおかた三百年ほど前の人やろな。そんな大むかしのお方のことが御門の史に伝わるのゆうのは、さすが、秦さんのご先祖やなあ……韓でも、さるべきお家のお方やったんやろな？」

「弓月君とその一族郎党は、韓の南の端にあった加羅《から》という国に住処を構え、あたりの民を従えておったらしい。加羅は伽耶《かや》ともいい、いにしえの御門が任那《みまな》と呼んだ国じゃな」

またカタマリに焚きつけられたシムラが、はるかむかしの秦氏の故地から語りだした。

「国というても、加羅のほか、卓淳《とくじゅん》や多羅《たら》、稔礼《にむれ》、安羅《あら》、南加羅など十あまりの国々が寄り合《お》うたものという。うち、加羅がもっとも大きく、大伽耶とも言い、国々の直中《ただなか》(中心)じゃったらしい。加羅は、ひとつの国の名であり、国々をひとつに表わす名でもあったのじゃろな。

その加羅に次いで、南加羅が大きく、それが、南の国々の直中じゃったらしい。南加羅は金官加耶とも、任那加羅ともいい、筑紫にもっとも近い国じゃった。いにしえの御門が、加羅を任那と呼んだのは、その任那加羅から取ったものなのじゃろな。

北の加羅から南加羅にかけて、洛東江《らくとんこう》という大きな河が流れるそうじゃ。周りに野良《のら》（田畑）が広がり、また、鉄《あかがね》が採れる豊かな河らしい。水門《みと》（河口）の南加羅には大きな津があり、いまも、周りの村々や唐土《もろこし》、筑紫との交易《かうえき》で栄えるという。

弓月君の一族郎党は、その洛東江のほとり、北の加羅のあたりに住処を構えておったようじゃ。まずは、頼もしう暮らしておったのじゃろな」

「そんな好《え》え所《とこ》で、あたりの民を従えてたのか。さすが、結構なお家やったんやなあ。なんで、そんな幸《さきは》う家のお方が、貧だらけの大倭にわざわざ渡ってきたんやろ？」

カマタリが渋い声を出した。「頼もしう暮らして……」といったシムラの笑顔を見て、われ知らず〝百姓の僻み〟が頭をもたげたのだろう。思わず「結構なお家」「貧だらけの大倭」と妬んだような口を利いてしまい、その己の言い種《ぐさ》も鼻についたらしい。

「御代に渡ってきたのは、秦氏の祖ばかりでのうてな……」

カマタリの声音《こわね》に気づいたシムラが、いつもの宥めるような声で、補いはじめた。もっとも、〝気分屋〟が意中の語り種を引きだしてくれる、と顔がほころぶ。

「まず、七年に高麗人《こまびと》、百済人、任那人、新羅人がこぞって来朝《まうけ》たとある。応神天皇が竹内宿禰《たけしうちのすくね》という豪族に仰せて、その韓人《からびと》らに池を作らせたそうじゃ。武内宿禰という人の名は、聞いたことがあるじゃろう。八代孝元天皇の曾孫《ひひこ》で、十二代景行天皇の御代に朝家《てうか》（天皇家）から枝分かれして臣に下り、仁徳天皇まで、五代の天皇と神功皇后に大臣《おほおみ》として仕え、三百歳《みつあまりももとせ》の寿《ことぶき》をまっとうしたと伝わる奇《くす》しき人じゃな」

（三百歳？……）

とは、口には出さない。皮肉屋にも〝大人の面子〟がある。

「武内宿禰は、葛城氏《かずらきうぢ》や平群氏《へぐり》、巨勢氏《こせ》、蘇我氏《そが》、紀氏《き》など、いにしえの大倭で大きな勢いを誇った豪族らの祖《おや》とも伝わる。それほどの首に率《つかさ》いらせて、池を普請させたのじゃ。来朝た韓人には、普請に優れた才を持つ才伎《てひと》、いまの世にいう手人、あるいは匠が数多《あまた》おったのじゃろな。池は、韓人池というて、あの唐古《からこ》の大池もそのひとつらしい。

二十年にも、かつて秦氏と並ぶ大きな氏じゃった東漢氏《やまとのあやうぢ》の祖《おや》の阿知使主《あちのおみ》が、十七県の党類《ともがら》を率いて来帰《まうけ》たとある。ほかにも数多伝わるし、『紀』に記されん来帰人（帰化人、広くは渡来人）も多《さは》におったじゃろ。御代には万《よろづ》を数える人が渡ってきたと伝わるからな」

「そんなに渡ってきたのか……なんぞ、とりわけの謂《い》われでもあったのやろか？」

「韓では、むかしから国争いが続き、世が荒れておったらしい……いまの新羅が、彼の地を統《す》べたのは六十年ほど前のことで、それまでは幾つもの国に分かれて、互《かたみ》に激しう争うておった。そこに、北からも、西からも外の勢いが押し寄せ、彼方此方《をちこち》で入り乱れておったようじゃ。その難を避けるべく、大倭に身を寄せた者が多かったのじゃろ」

「ちゅうと……秦さんのご先祖は、韓から落ち延びてきはった？」

カマタリが声をひそめた。つい漏らした大人げない僻みに気が引けたらしい。

「そのむかしから、ずうっとな……それを語るには、弓月君の由《よし》から語らねばならん」

「弓月君か……雅《みやび》な名ァやなあ。さるべき筋の貴人《あてびと》やろな」

カマタリがたちまち声を弾ませた。この苦労人は、おのれの心気はむろんのこと、座の空気の入れ替えに巧みで、それを無意識にやってのける。孤児あがりの苦労人、あるいは、客あしらに骨折る小商人が、独りでに身に付けた〝機転の智恵〟というものなのだろう。

「……秦氏の伝えによると、弓月君は秦《しん》の始皇帝《しこうてい》の末葉《すゑば》という。秦というのは、唐土《もろこし》をはじめて統《す》べた大きな国で、始皇帝はそのはじめの皇帝《みかど》らしい」

「秦さんの遠祖《とほつおや》は、唐土をはじめて統べた皇帝？　そら、ただごとやない……」

カマタリがしゃがれ声を裏返し、その尻を不審げに曲げると、

「唐土の皇帝の筋（血筋）を引くというのは、なにも秦氏に限ったことでのうてな」

シムラが、また、宥めるように、楽しげな声でつくろいはじめた。

「かの東漢氏も、祖の阿知使主が、秦の後に唐土を統べた漢の霊帝という皇帝の曾孫《ひひこ》と伝わる。じゃから、東漢は、その漢《あや》という氏名《うぢな》に漢《かん》の文字を当てた……秦が、秦《しん》の文字を当てたようにな、ふっふ。外国《とつくに》の王家の末葉という氏は、ほかにも数多あって、唐土の皇帝なら漢の高祖や孝献帝、献帝、光武帝、魏の武皇帝、隋の煬帝など、韓の王《こきし》なら百済の都慕王や速古大王、高句麗の好太王など、もろもろの皇帝や王を遠祖と名告る氏が、幾十を数えるそうじゃ」

「皆さん、厳めしい筋なんやなあ。大倭は、さながら唐土の皇帝や韓の王《わう》さんらの末葉の寄り合い所《どこ》やな。まあ、由ある家にしとく方が聞こえが好《え》え。人の見る目が違《たご》うてくるから、世渡りもしやすい、くっく。ん？……弓月君は、韓の加羅ゆう国に住処を構え、百済から渡ってきたんやな。それが、唐土の皇帝の末葉ゆうのは、ちっと妙《めう》やないか？」

みなの理解に良かれとシムラの補った諸氏誉れのご先祖の豪華さが苦労人の神経を逆なでしたのか、はたまた皮肉屋根性を揺り起こしたのか。「他人の誉れはわが身の哀れ」とばかりに御託を並べて詰め寄った。

「奇《あや》しいじゃろ、ふっふ。大倭で一、二を争うたふたつの大きな氏が、ともに唐土の皇帝の末葉を名告った、というのも怪しいじゃろう……が、氏名《うぢな》の当て文字はともかく、遠祖のことは、いわれのない由とも思えんのじゃ。秦氏の習いには、韓とともに唐土の風らしきものが交じるし、また、韓の筋《すぢ》（家系）の底に、唐土の筋が流れるような心地もする。というても、母屋などに仄かに漂う残り香のようなものじゃがな」

「そうゆうたら、この近くには鏡作氏や三宅氏、糸井氏らと、もとは韓の縁《ゆかり》ゆう家が多いけど、散楽の円舞井座《えんまいざ》とかの唐土から伝わった能（技芸）も盛んやなあ」

シムラの「心地がする」などという曖昧な言い種に誘われたのか、カマタリが、もっともらしい顔で、少々ずれたお追従をいうと、

「証《しる》しもある。秦氏には、始皇帝から弓月君に至る長い続《つづ》きが伝わる……これは、その片端《かたはし》（一部）らしいが……」

苦笑を堪えて立ち上がったシムラが、櫃《ひつ》のなかから木簡《もつかん》の束を取りだしてきて、晴れがましそうな手つきで、ひとつひとつ並べた。そこに、始皇帝から扶蘇、孝武王、古札己智、諸歯巨知、那堤巨旦、弓歯君、恭己叱君、法成君、笠達君、尊義君、武安君、功満君、弓月君へと、歴代の名を書き写したと思しきシムラの几帳面な手が並ぶ。

「こんなに長い筋が伝わるのか……たしかに、厳《いつか》しいお家のようやな。いずれ、秦さんのご先祖が作ったものやろが、その作りがいかにも大きい」

「カマタリには敵《かな》わん、ふっふ」


……遠祖は、秦始皇帝の三世孫の孝武王。その子孫の融通王（弓月王とも言う）が、応神天皇の十四年に、百二十七県の百姓を率いて帰化……。

（平安初期に成立の）『新撰姓氏録』〔右京・諸蕃・太秦《うずまさ》公宿祢条〕

「仮に、弓月君の遠祖が唐土《もろこし》の皇帝《みかど》やとして、あっ、疑うてるわけやないで。けど、唐土の王家ともあろうお方が、なんで、御国を捨てて韓の南の端に住んでたんやろ？」

「落ち延びたのじゃろ。あとは韓を流れ歩き、はてに、大倭に渡ってきたらしい」

「唐土からして、落ちゆきやったのか……それで、むかしからずうっと、ゆうことか」

カマタリが、また声をひそめた。秦氏のご先祖を見舞った過酷な逆境、が苦労人の脳裏をかすめたのだろう。そのしゃがれ声を呼び水に、

「……むかし、唐土で秦と漢中、のちの漢が戦い、秦がわずか十六年、三代にして漢中に滅ぼされた。漢中というのは、かつて始皇帝が滅ぼした楚という国の、畑子《はたこ》あがりの将軍《いくさのきみ》じゃった劉邦という人が建てた国という」

と、シムラが先祖の渡来の〝謂われ〟に取りかかった。

「国を取られると、下々ばかりか、上々も哀れじゃ。いや、秦の王家は、哀れどころでなかったじゃろ。漢中の兵《いくさ》は、秦に故国《くに》を滅ぼされた恨みを抱いておったじゃろからな。敵《あた》に捕まると、斬首は免れん。生き延びるには落ちゆくほかにないと、ある王子が一族郎党を引きつれて、咸陽《かんよう》の都を死に身で脱けだし、韓の地に逃れた。

その王子が、漢中に滅ぼされた皇帝の弟、つまり、始皇帝の御孫《みま》に当る孝武王で、のちに大倭に渡った弓月君の遠祖じゃったらしい」

声が少々暗い。秦氏の母屋の蔵に籠って書き写した唐土と韓の誌と図を耽読しつつ、秦氏の伝承を推考しつくしたすえに辿り着いてしまったはなはだ侘しい推論、なのである。

「唐土から韓、さらに、大倭ゆうと、途方もない道の程やろな？」

カマタリが、在り来たりの問いを口にした。雲をつかむような来歴に戸惑い、シムラが本気で語っているのかどうか、遠慮がちながら、とくと探りを入れたのだ。

「弓月君の一族郎党は、加羅に住処を構えておった……そこから逆さに辿ると、祖らは秦の咸陽の都を落ち延びたあと、黄河という大きな河の岸、ついで渤海の海辺《うみべた》を辿って丑寅《うしとら》（東北）の遼東に忍び入り、そこから南に下って韓の戌亥《いぬゐ》（北西）に漢が建てた楽浪郡、その南の馬韓《ばかん》、のちの百済へと渡り歩き、弁韓、のちの加羅に入った。さらにその加羅から百済に舞い戻り、そこから大倭に渡った……とすると、咸陽から韓の南の端まで陸路《くがぢ》で四千里（令制の一里は約五百四十五米）あまり、百済から大倭の京《みやこ》まで、対馬の海と西海（瀬戸内海）を潮路《しほぢ》で千里あまり、合わせて五千里を大きう越えたじゃろな」

シムラが、そらんずるように仮想の亡命経路をなぞり、およその距離をあげると、

「遠方《とほぢ》はるばるてなもんやないなあ。韓の南の崎まで四千里やろう。よう歩き通したな」

カマタリがもう一つ探りを入れた。旅は、その草枕という枕詞のとおり、野宿と飢え、死をも連想させる過酷な道行きである。その恐ろしさを思い知る旅商人《たびあきうど》にも年季を入れたことがあるだけに、穿《せん》鑿《さく》もひときわくどくなる。

「それは、能《あた》わん。一族郎党のなかには、女子《をなご》や童もおったじゃろしな。加羅の前に、楽浪郡の隅あたりにも留まり、曲がりなりにも安堵の住処を構えたじゃろ。漢が建てた郡というても、外国《とつくに》のなかの離れ地じゃ。祖らも、郡の官《つかさ》をさして恐れることもなく、また、言《こと》も足りたじゃろから、まずは心安う暮らせたじゃろ。その楽浪郡などと、のちに住処とした加羅では、地の民と添う者も少なからずおったじゃろな」

「それで、韓の筋の底に唐土の筋が流れる、ゆうことか……なら、なんで、その住みやすい楽浪郡に留まらんと、寄る辺のない、言も心も違《たが》う韓の地を渡り歩いたんやろ？」

「国争いを避けたのじゃろ。あたりの難を避けては、また余所に逃れて身を隠すという、落ち延びの繰り返しやったのじゃろ」

「どこもかも、やったのか……」

「……韓の北には凍える大野があり、そのむかし、濊《わい》という馬に乗って野山を駆けめぐる民がおった。その濊が韓の地をしげしげ侵し、次《すが》い次いに韓人《からびと》を南に追いやり、そこに国を建てた。その濊も、北から入ってきた高麗《こま》（高句麗）という、これも馬に乗って駆けめぐる強い民に南へ追いやられた……

韓や唐土では、むかしから、北の大野の民が、南の温かい豊かな地に押し込みつづけたそうじゃ。

その南に下った濊を唐土の漢が討ち、そこに楽浪郡を建てた……唐土には、黄河のあたりを中原《ちゆうげん》、つまり天下《あめのした》の最中《もなか》（中心）と呼び、そこに住む唐土の民がもっとも優れるとして、周りの民を夷《えびす》と卑しむ風があるそうじゃ。北の民を北狄《ほくてき》、西の民を西戎《さいかい》、南の民を南蛮、東の高麗や濊、韓、大倭などの民を東夷《とうい》と呼び、それらを皇帝の徳をもって服《まつろ》わせ、各々の長《をさ》を地の首長《つかさ》に封じて貢《みつき》を納めさせる、という習いらしい」

「……われら大倭の者も、その、東夷たらゆうもんに、卑しまれたのか？」

カマタリがむっとした顔をあげた。このみなし児あがりは、人を見下す者に反射的に反撥する癖《へき》がある。体《てい》よくいえば、〝隠れ反骨〟の気《け》があるのだ。

「長い史と、優れた文《ふみ》のある大きな唐土じゃから、周りはみな夷に見えるのじゃろな。大倭でも、辺地の民を熊襲とか、蝦夷とかと見下すじゃろう。上々ばかりでない。百姓も〈われらより下がおる〉という安あがりの安堵にかろうじて救われておる、ふっふ」

「そうゆうたら、そうやなあ……人ゆうものの、さもしい性《さが》、か……」

思わぬお返しにあった苦労人が、やましげな、渋い声で自嘲するようにつぶやいた。

「唐土の国々のなかでも、漢は四方《よも》の夷を討ち従えて大きうなった国じゃから、周りの国を従えるという思い入れがひときわ強かったのじゃろな。とりわけ韓の地に目を向け、濊を討ったあとに楽浪郡を建てて、みずから治めた。唐土の西は、砂の大野というから、東の豊かな韓の地と海《わた》を取り込んで、富を増そうと計ったのじゃろな。

はじめのうち、唐土を恐れた高麗、濊、韓がともに郡に服い、貢《みつき》を納めた。が、国の勢いはいずれ衰えるものという。郡の本《もと》つ国の漢も、国内《くぬち》の乱れで傾き、ために郡の光（威光）がかげりだした。その郡を遼東の公孫氏という豪族が継ぎ、南の韓に備えるべく、南の地を割いて帯方郡という新たな郡を建てた。その公孫氏も、唐土に起こった三つの国のひとつ、魏に滅ぼされた……そういえば、魏が継いだ帯方郡には、邪馬台《やまと》の〔卑弥呼〕という女性《にょしょう》の王が使いを遣《まだ》して、魏の皇帝から倭《やまと》の王に封じられたという」

「大倭の女性の王さんが、唐土の皇帝から大倭の王さんに封じられた？……」

カマタリが頓狂な声をあげ、重い語りに疲れ気味のエツメとキキが明るい目をあげた。が、

「郡の本つ国はのちに唐土の晋にかわり、すえに、勢いを増した高麗に滅ぼされた」

難民の身に堕ちた先祖の窮境に没頭しだしたシムラは、周りの様子に気が回らない。

「入り乱れる国争いのさなか、祖らは激しい軍《いくさ》（戦）を避け、というより、それに押し流されて、南へ、南へと逃れた。が、その南の地も軍つづきじゃった」

（まだ、国争いか……）

カマタリもさすがに疲れた上目でシムラを眺めだした。

「……韓の南には、そのむかし辰という国があった。そこの各々の郷の首長《つかさ》が郡から位を授かって並び立っておったらしい。その首長たちが、郡の厳しい求めに困じはじめた。が、各々で抗《あらが》うには力が手弱《たよわ》い。で、西の五十あまりの郷が結んで馬韓を建て、東と南では、それぞれ十あまりの郷が辰韓と弁韓を建てた。いにしえの御門が呼んだ三韓《みつのからくに》じゃな。うち、もっとも大きな馬韓が、辰韓と弁韓の

上に立った。その馬韓に、高麗の北にあった扶餘《ふよ》という民の王家の分れが入《い》り、あたりの国を従えて百済を興した。そのまた分れが辰韓に入って新羅を興した。弁韓は、小さい国々に分かれたまま名を加羅に換えた。

　その百済と新羅、加羅を、郡を倒して南に張りだした強《こは》い高麗が侵しはじめた。その高麗に百済が抗い、新羅とともに戦うた。が、のちに、新羅が百済を欺いたため、百済が新羅を攻めた。その新羅が、だんだんと勢いを増し、逆さに百済を攻めはじめた。百済と新羅は、あいだに挟む南の加羅の地も奪い合いはじめた。

　郡は滅びたが、北の強い高麗と南の百済と新羅、さらに、その新羅と百済のあいだの取るか取られるかの国争いは止まず、小さな加羅は三つの国からしげしげ侵された……その加羅に住処を構えておった秦の祖らは、安らう暇《いとま》もないほどに、入り乱れる国争いに晒された……」

「はあ…………」


「その新羅に、神功皇后《じんぐうこうごう》の御軍《みいくさ》が攻め込んだ……」

シムラが突然、神功皇后の新羅侵攻を語りだした。〝好みの回り道〟というのではない。

「それが、秦の祖らに、いよいよ荒海を渡るよう急《せ》き立てた」

と、読んでいるのだ。

「そやった。いつかの語りで聞いたな。女性《によしよう》の神功皇后が、はじめて外国《とつくに》を撃ったんやった……」

カマタリが、眉間に皺を寄せて、小首を傾げ、

「皇后に懸かった神さんが教えた金《こがね》や銀《しろがね》、彩色《うるはしきいろ》の宝が欲しゅうて攻めたんやったな。けど、宝が欲しいゆうても、なんで、女性が余所のそんな煩わしい修羅場に押し込んだのやろ？」

と、口を尖らせた。ときの韓の込み入った惨状を聞いた直後とあって、もともと訝しく思えた皇后の新羅征伐の意図がいよいよ分からなくなったのだ。

「……財が欲しいばかりでのうてな。というより、おそらく、お腹のなかの御子のためやったのじゃろな」

「お腹の御子のため？」

カマタリが金壺眼をさらに丸め、エツメとキキが訝しげな目をかがやかせた。

「のちの応神天皇じゃ……西の熊襲を討ち、東国《あづま》も平らげた日本武尊《やまとたけるのみこと》の御子で、皇后の夫《つま》の仲哀天皇が、なお貢を怠る熊襲を討つべく穴門（山口県）に出で座《いま》し、群臣《まえつきみたち》に軍《いくさ》（戦）を諮られた。そのとき、ある神が皇后に懸かって、天皇に告げられた。《熊襲は痩せた地である。討つに足りぬ。海の彼方に金、銀、彩色が多《さは》にある国がある。新羅という。吾《われ》をよく祭りたまわば、その国はおのずから服《まつろ》うであろう。熊襲もまた、服うであろう》とな」

皆の気配に誘われたように、シムラが思わずしらず回り道に没頭しだした。『神功皇后記』には、神代《かみよ》と人代《ひとよ》の狭間を行く神話のような史話がつづく。市井の史家には、もともと、興の尽きない、素通りしがたい絵巻絵の別世界なのである。

（吾をよく祭りたまわば……商うような神さんなのか？）

カマタリが上目を使い、〝妄言〟まがいの神言《かむごと》を口にしたシムラを窺った。

「天皇は、そのお告げを改めるべく、高い岳《おか》に登って眺められた。が、広い海ばかりで、新羅という国が見えん。で、天を仰いで《いずこの神が朕《われ》を欺くや》と謗られた」

(神さんをそしった？……善《え》えかいな？)

「怒った神がまた皇后に懸かり、天皇に告げられた。《汝《いまし》は新羅の国を得まい。いま皇后が孕まれる御子が得られるであろう》とな」

(それで、お腹の御子のために、か……)

「この伝えは『記』にもあって、神が天皇に《汝《いまし》は一つ道に向かいたまえ》と告げられたとある。この地の下にあるという、帰らぬ人の赴く黄泉《よみ》の国、あるいは根の国に行きたまえ、というお告げじゃろな。明くる春、天皇はたちまち病んで崩《かむあが》られた」

「祟りや……そらあ、現人神《あらひとがみ》の天皇でも、神さんをそしったら、お怒りを被《こうぶ》るやろ。たとえ、商人《あきうど》のかけ引きのようなお告げをする神さんゆうても、罵ったりしたら……」

「神の御言《みこと》に験《しるし》のあることをたな知った皇后は、さらに教えを請い、そのお告げに従うて、まず熊襲の国を撃たれると、熊襲はたちまち服うた」

(また、神口を寄せた……皇后は口寄せ巫女、か？……巫女は乙女や寡婦《やまめ》のみ。けど、神さんの妻《め》にはなれるとか……たとえ孕んでも、現人神《あらひとがみ》の天皇の御子なら、皇后は、なお巫女、か……)

カマタリが、また首をかしげて、しばし物思いにふけった。

「神のお告げをいよいよ頼まれた(信じた)皇后は、《朕《われ》、天神地祇の命《みこと》を受け、皇祖《おほみおや》の恩頼《みたまのふゆ》を被《こうぶ》り、西の方《かた》を討つ》と宣《の》って大軍を興し、新羅を討たれた。天つ神国つ神の命にしたがい、皇祖《すめろき》の光(威光)

を被って、宝の国を取りに行く、という仰せじゃな。

が、女性がはじめて外国《とつくに》を撃つ軍じゃ。さすがに憂いもあったのか、皇后は、《もし、事が成れば群臣《まへつきみたち》に功あり、事が成らずば我ひとりに罪あり。群臣ともに諮れ》と宣《のたま》われた。群臣はたちまち謹んで承った、とある」

「我ひとりに罪ありか。いさぎよい将軍《いくさのきみ》やなあ。何処《どっか》の、誰かに聞かせてやりたい」

「勢いを得た皇后は、益荒男のごとくに装い、斧鉞《おのまさかり》をとって御軍《みいくさ》に命された。《敵《あた》が少なくと侮るな。多くとも怖じるな。女子《をなご》を犯す者を許すな、みずから服う者を殺すな》とな」

エツメとキキが涙目でぱちぱち拍手し、皇后の雄姿を透視するモモナが紅潮した額を突きあげた。口やかましいカマタリも、口を出せない。

「皇后の御船が発つと、風の神が風を起こし、波の神が波をあげ、海の底の大魚《おほいを》がことごとく浮かんで御船を運び、御軍は舵も楫《かい》も使わずして新羅に到った、とある」

「大魚が、御船を運んだ？……」

「皇后に懸かった神のなかに、表筒男《うはつつのを》、中筒男、底筒男という、住吉《すみのえ》の三柱《みはしら》の神が坐《ま》しました。海《わた》の表と中と底の神じゃな。その神々が、御軍を助けられたのじゃろ。御軍が至る様を見た新羅の王《こきし》は、たちまち怖《お》じいり、白い旗をあげて服うた」

「そら、大魚が船を運んできたら、誰でも魂消《たまぎ》るやろ。われやったら、尿漏《ゆまり》らす」

モモナが白い横目でカマタリを張り倒し、エツメが身を捩って嫌な顔をそむけた。

「新羅が降ったことを聞いた高麗と百済の王が、ひそかに御軍をうかがわせ、さらさら勝てぬと知るや、みずから参来《まうけ》けて《今よりのち、朝貢《みつき》を絶やしません》と誓うた。よって、皇后が新羅と高麗、百済に内官家《うちつみやけ》を定められた、とある」

「夫を亡くされたばっかりの皇后が、ようまあ……」

「神功皇后は、あの卑弥呼という女性の王の成り代わりのようなお方じゃったのかもな」

「女性の王さんの成り代わり？」

「……いにしえの倭《やまと》で、男の王が長く御位に留まったが、幾十年にもわたって国が乱れたため、卑弥呼が王に立てられた。すると、国が鎮まったという。卑弥呼は《鬼道に仕え、能《よ》く衆を惑わす》と魏の書にあるそうじゃ。わが身を寄《よ》り坐《ま》しにして下ろした神の口を寄せる巫女が、そのお告げをもって男の王らを服わせたのじゃろな。というか、国争いに疲れた男の首《つかさ》たちが、卑弥呼のお告げの験《げん》を頼んだのじゃろ……神の御言に従うて新羅や高麗、百済を撃った神功皇后は、その卑弥呼のような奇《くす》しき力を持つお方じゃったのかも知れん」

「皇后は、いにしえの口寄せ巫女の生まれ変わり、やったのか……」

カマタリの声に釣られて、みないっせいにモモナを眺め、モモナが瞼の中の目を白黒させた。

「新羅は、撃たれたのちもしばしば朝貢《みつき》を怠った。そればかりか、百済の朝貢を奪うという僻事《ひがこと》（悪事）も働いた。ために、皇后は二たび撃たれたとある。皇后は御子の誉田別《ほむたわけ》皇子、のちの応神天皇を三歳《みつつ》のときに皇太子に立てられ、六十九年ものあいだ政《まつりごと》を総《ふさ》ねて、百歳《ももとせ》の年に薨ぜられたそうじゃ。母《いろは》は強いじゃろう……そういえば、卑弥呼も《年すでに長大》とあるらしい。神功皇后は、いよいよ卑弥呼じゃな」

「……百歳になるまで、御子の応神天皇の御代を造るために働きはったのか。軍《いくさ》の神さんのように仰がれる応神天皇は、思いのほか、頼りないお方やったのかなあ」

「……世の変わり目やったため、じゃろな」

カマタリが口にした意表に誘われて、シムラがもうひとつ、好みの推理を口にした。

「大倭には、卑弥呼のむかしから神功皇后の御代まで、神代と人代があい半ばする政《まつりごと》が続いておったらしい。女王の卑弥呼に弟がおって、それが政を執り行い、卑弥呼はもっぱら鬼道という妖しい術の祭りを事としたという。神功皇后は、その卑弥呼と弟の品を兼ね具えたような人で、祭りと政をひとつにした新たな代を造った大王《おほきみ》じゃったのかもな。御門のあり様が大きう変わった潮合いやったのじゃろ。

神功皇后とその御子は、のちのち、穴門と筑紫に置いた宮から新羅を攻め、また、任那と百済と好《よ》しみを結ばれた。その久しう大倭を離れておられたご一家が、大倭に入《い》って新たな御門を建てられたのじゃ。その初代に当たる応神天皇は、皇后に後ろ見られながら、幾十年かけて、大倭の豪族らを服わせ、ようよう独り立ちされた、ということじゃろな」

「皇后ゆうお勤めも、易いものやないんやなあ」

「神功皇后が新羅を撃った韓の地は、高麗、百済、新羅に加えて、大倭も入り乱れて争う恐ろしい矢庭《やには》（戦場）になった。洛東江のほとりに住処を構えておった弓月君とその一族郎党は、世があわただしう入り乱れるなか、その地が新羅に落とされ、死に身で百済に逃げ延びた。

が、その百済も国争いのつづく修羅の巷じゃった。その地に、難を避けて落ち延びてくる民が日に異《け》に増え、住処ばかりか、食《け》もままならぬ、荒れ野に化《け》しておった」

〝神功神話〟の陶酔から醒めたシムラが、重苦しい声で先祖たちの苛烈な逃避行を再開した。

「さるべきこと、逃げてきた民を見る百済人の目がことさら厳しうなった。弓月君らも、生き地獄の境（境遇）に苛まれたじゃろ。いまにも折れそうな身と心で、南へ、南へと追われ、ついに海辺《うみべた》に追い詰められた……落ち延びる先は、荒波の彼方の遠い大倭をおいて、のうなった」

「いよいよ、荒海、か……」

「みなで朽ちかけた端船《はしぶね》（小舟）を寄せ集めて辛《から》うして直し、その舟端《ふなべた》に各々の身を括りつけて、死に身で、荒れ狂う波間に押しだした。昼はなま暗い日の光、夜はおぼろに瞬く星の影のみを頼りに、打ちつける冷たい北の風に馴《な》れ衣《ごろも》一重の背を押してもらいながら、河のように速い対馬の潮をさかのぼる険しい海越えじゃ。まして、目指す大倭の筑紫は、荒波のはるか彼方、ところさえ定かでない。その船路《ふなぢ》の危うさは、幼子《おさなご》にも知れたじゃろ。おのれが働かずに潮に流されれば、荒海の藻屑《もくず》と消え果てるほかにない。死なばもろとも、と幼気《いたいけ》な童も、手弱《たよわ》い女子《おなご》も腹を据え、凍える手に握りしめた木屑《こつみ》で逆巻く大波を死に狂い（死にもの狂い）にひっ掻いた。その童と女子を守らいでか、と男らが猛《たけ》び、みなで、逆巻く荒波に向こうていった」

「しっ、しっかり、お出《い》でやあ。みっ、みんな、波なんかに呑まれたら、明《あ》かんでえ」

カマタリの涙声に掻き立てられ、エツメとキキが眼を真っ赤にして拳を振りしきる。

「凍える潮《しほ》を浴《あ》み、飲まず食わずで山のような波に揉まれながら、ひたすら南を目指し、幾日《いくか》たったかも知れぬころ、ようよう音に聞いた筑紫と思しき丘の影が、水面《みなも》の彼方に仄かに霞んだ。いまにも失せそうな皆の身がぶるぶる震え、潮にまみれた血のまなこから涙があふれ落ちた……息絶えた者は、波の底に葬ったじゃろ」

「うっ……」

「なんで、そんな危ない思いまでして、遠い大倭に渡ってきたんやろ？　加羅にも百済にも安堵のところがないゆうても、たったひとつの生《しゃう》（命）まで賭《の》らんでも良《え》えやろに……女子も小童もおったんやろう。どっか山の中にでも隠れて、いずれ……」

過酷な境涯のむごさを知り尽くす苦労人が、難民の〝暴挙〟をなじると、

「大倭こそ、いや、大倭のみが頼る先、終《つひ》の拠り所、やったのじゃろ」

シムラが、きっぱりと返し、

「唐土に、帰る故国《くに》はなかった……いかに辛うとも、韓の地を落ち延びるほかにないと、住処を求めて、南へ南へ渡り歩き、ようよう得た加羅の地も失い、逃げ延びた先の百済にも安堵のところはなかった。食《け》もない矢庭の野山に隠れても、生き続けられるものでない。

幸い、たったひとつ逃《のが》る先が残っておった。それが、さらに南の、海の彼方の大倭じゃった。残るも地獄、行くも地獄という瀬となれば、その只ひとつの望みにかけ、たとえ奈落の底のような荒海でも、渡るほかにない……祖らは、そう思い切ったのじゃろ」

思わずしらず、「思い切ったのじゃろ」に力をこめた。逆境に苛まれつづけた先祖たちの、ここを

先途（成否の分れ目）と命がけの冒険に向かっていった決断を、おのれなりに推考しつくして、語るのである。

「この大倭が、ほかにない、終の逃げ場、やったのか……」

「もともと、故地《くに》の加羅は、大倭とつながりがあったしな」

シムラが史家の顔に戻って、ほほ笑んだ。おのれの力みすぎを少々照れたのだ。

「……加羅は、いにしえから御門と好《よ》しみを通じておった。崇神天皇の六十五年、《任那が御門に朝貢《みつきをたてまつ》った》とある。ひさしく新羅と百済、さらに北の高麗から侵されつづけた加羅には、いずれ大倭の御門に後ろ盾を頼みたいという、淡い思いがあったのじゃろ。南加羅からは時おり筑紫に通う潮路も通うておったしな。加羅には、大倭はさして遠くない国、いつか頼りたい命の綱じゃった。祖らもその大倭を頼んだ……頼むほかに道がのうなった、ということじゃろな」

「そんな細い綱を頼むほかに道がのうなった、か……」

「大倭の御門にも、加羅は、いにしえより近い国じゃった。はじめて好しみを通じてきた外国《とつくに》じゃからな。それが証《しる》しに、大倭は、外国のことを唐《から》や韓《から》と呼ぶじゃろう。

それに、御門は、むかしから唐土や韓の優れた品や才、技を宝と尊んだ。わけても、神功皇后の御許で韓に深う係わりながら生《お》い立たれた応神天皇は、韓の品や才、技、文をこよのう貴ばれたお方やったじゃろ。幸い、祖らには、その御門が目を懸く才伎や道の者がおった。

あれやこれやの兼ね合いを計ろうたすえ、弓月君らは、大倭にたどり着きさえすれば、きっと安堵のところが得られる。大倭こそが、われらの終の拠り所、望みの地に違《たが》いない、と頼んだ。いや、頼まずにおれなんだのじゃろ」

「そこまで、この大倭を頼んでくれたのか……そう聞くと、なんとのう嬉しいゆうか、なおさら、労しいゆうか……」

「神功皇后が新羅、さらに百済、加羅に押し寄せたために、韓の国争いがいよいよ激しうなり、それに押されて、弓月君と一族郎党は海辺《うみべた》に追い詰められた。が、その瀬戸《せ》に迫められたからこそ、大倭を終の拠り所、ほかにない生きる当て所《ど》と思い定めた。行き着くかどうか定かでないものの、その望みの地に、おのれらの生と行く末を賭《の》るほかない……そう思い切れたのじゃ。災いを、幸《さきは》いに変えたのじゃ。変えるほかない瀬に立ったのじゃ」

「長い長い、流浪やったんやろなあ。幾年《いくとせ》ほどかかったんやろ？」

カマタリが、秦氏のご先祖と、その艱難辛苦を語り終えたシムラを労わるような声を出すと、

「幾年などでない。漢のはじめに故国《くに》を捨て、応神天皇の御代に来帰《まうけ》たのじゃからな。おおかた六百年《むつあまりももとせ》ほどかかったじゃろ。そのあいだに三十代《みそよ》ほど重ねたじゃろ」

シムラがほっと微笑んだ。とたんに、

「むっ、六百年?、みっ、三十代?……それやったら、遠祖《とほつおや》が唐土の皇帝の末葉やゆうても、余所人《よそびと》も同《おんな》じや。筋も、なにも、あったもんやない」

カマタリが呆れ返ったように吐き捨てた。長い語りがいっぺんに白けたのだろう。

「血の筋はな。が、筋には心の筋というのもある」

待っていたようにシムラが返した。これも、「遠祖は始皇帝」という由緒来歴を伝えつづけた代々の祖たちの心情をとくと推し量り、ようやく得た〝確かな解〟なのである。

「心の筋？」

「……末葉を名告るのは、遠祖という心の源と、代々の祖《おや》から祖に絶えることなくつないできた心の絆という、幾久しい縁《ゆかり》を慈しむ業なのじゃろ。

それは、なにも秦の祖らにかぎったものでないじゃろな。どの来帰人も、重い重い曰く因縁を抱えて、寄る辺のない異国《ことくに》を渡り歩いた。流れ着いた先々で、ところの衆から、素性の知れん曲者《くせもの》と疎まれ、余所から流れついた煩わしい根なし草、あるいは芥《あくた》（ごみ）のように卑しまれたじゃろ。落ち延びてきた傷ましい者とはいえ、煙《けぶり》（生計）すら立ちにくい貧しい地に入り込んだ余所者じゃ。疎ましい災いの種じゃったに違いない……みな、行く先々で、辛い、惨めな思いを舐めつくしたじゃろ。

その折れそうな心を支えた張りが、心の筋じゃった。われらは根なし草でも、芥でもない。確かな遠祖を持ち、幾代もの祖から祖に命と心をつないできた、正《まさ》しの人じゃ、という思いと誇りじゃった。

それは、命代わりというほどの切《せち》（大切）な宝やったじゃろ。その宝を胸にしっかと保ち、それを心の張りにして、己を奮い立たせながら、果てしない生き地獄を死に狂いで渡り歩いたのじゃろ」

「そらあ、根なし草や芥のように扱われたら、われらも人じゃ、って哮《おら》びとうもなるやろなあ……そうか、それで、来帰人《まうけびと》の氏は、唐土の皇帝や韓の王を遠祖と名告る家が多いんやな。そら、それほど切な物《もん》なら、遠祖はとりわけの貴人《あてびと》にしとく方が好《え》えわなあ」

カマタリが、納得とも、皮肉ともつかぬことを口にすると、

「世間むけの作り言を言い做《な》すのではない。わが遠祖はこうじゃ、と思い入れて末葉を名告るのじゃ。そうでなければ、心の張りにもならん」

シムラが、いにしえの渡来人たちに成り代わって、声を少々大にし、

「もっとも、心の張りのみで、世の荒波は凌げん。見知らぬ異国の修羅場を渡りきれん。心に、勢いというものも要る。われらは、何としても生き通す、一族郎党を守り通す、いつかどこかに皆の安堵の在所を興す、という思いが心の綱やったじゃろ。

が、心勢いばかりでは、うちつづく労《いたつ》きに耐えられん。人はそれほど強うはないからな。心に、張りやら、誇りやらという、支えも要る。その張りや誇りを生《な》した元が、われらも遠祖という心の根と、祖から祖へという心の本木《もとき》（幹）を持つ由ある人じゃ、という思いじゃった。末葉が忘れんかぎり、永久《とは》につながる心の筋という、切な宝じゃった」

と、気張った。ことは、生き死にの境を渡り歩いた難民の先祖たちを支えた一念である。生半可には語れない。

「そらまあ、血の筋は代とともに薄まるけど、その心の筋たらゆうのは……もし、そうゆうもんがあるとしたら……いつまでも色褪せんもんやろな。まして、秦さんの遠祖は、唐土をはじめて統べた皇帝なんやろう。並みの張りや誇りでなかったやろ」

「……始皇帝は、志のためには手立てを選ばん無慈悲な帝《みかど》、と言い腐《くた》された人らしい。逆さに、幼いころ敵の国に質に取られたが、その辛い境界《きやうがい》に耐えて、大きな唐土をはじめて統べる皇帝に成りのぼった猛き王、と称えられた人でもあるそうじゃ。祖らは、その厳しい労《いたつ》きに負けん逞しい心勢いを己が

鏡にし、また、心の張りにしたのじゃろ」

カマタリのお追従とも皮肉ともつかぬ言い種に、シムラがいっそう真剣な顔で応えると、

「そやな。心ばんで働いたら、なんでも、なんとかなるもんや……ならんことの方が多いけど……ともかく、労きに負けたら終わりや。その強い心勢いのもとにしたのが、はじめて唐土を統べた皇帝の末葉ゆう心の筋やった、ゆうこっちゃな」

いったんは興醒めしたカマタリも、まがりなりに納得しだしたらしい。

「……遠祖が秦の始皇帝というのはたまたまのことで、要《かなめ》は、われらも心の根と本木を持つ、まさしの人じゃという、思いや誇りやったじゃろな」

「そや、名ァなんぞより、要《えう》は、われも人じゃ、ゆう意地やったんやろ」

「もっとも、秦氏の者は、いまだに始皇帝とその御孫の孝武王を誉れの遠祖と崇めて、それを伝え継いでおるから、その由は、氏の切な宝なのじゃろがな、ふっふ」

むきになって持論をくり返した若気をふと照れたように、シムラが冗談めかして笑いに紛れた。

「秦さんのご先祖らは、実に逞《げ》しいお方らやったんやなあ……修羅場を逃げおおせたばかりか、加羅では、あたりの人夫《たみ》も従えたんやろう。流浪の民が、よう、そこまで這いあがれたもんやなあ」

ひとりでなんとか生き延びた孤児あがりが、「心勢い」の余韻を味わうように、つくづく感心すると、

「唐土で失うた安堵の在所を建てるというのが、永久《とは》の願いじゃった。その願いを叶えるために、代々の一族郎党が、みなで心と力の限りを合わせた、ということじゃろな」

シムラがほっこり微笑んだ。おのれが精魂籠めて描き上げた〝逞しい先祖たち〟が心から讃えられ、嬉しさを隠せないという笑顔である。

「六百年、三十代ものあいだ、安堵の在所を建てるゆう思いを一つに、みなでともに励んだんやもんなあ。大倭の百姓には、思いも及ばん心ばせや」

「みなを守り、みなで生き通す。ともに行く一族郎党のため、まだ見ぬ孫《うまご》のためにも生き通し、いつかどこかに安堵の在所を建ててやるという、健気《けなげ》な思いやったのじゃろな。

見も知らぬ異国を渡り歩くうちに、みなで支え合う思いがいよいよ強うなった。うちつづく労きが、みなの心根を鍛え上げ、望みを諦めん心勢いを生んだ。みなで支え合う心、難を避ける知、世過ぎ、身過ぎの才を、しっかと育んだ。その心を、遠祖から末葉まで綿々と連なる心の筋が支えた、ということじゃろな……流浪の民ならばこその、逞しい心ばせやったのじゃろ」

カマタリにいっそう煽られたシムラが、さらに意気込むと、

「そや、人は労くほど、強うなる。人のことを思いやれるようになる……かえって、つれのうなる奴が多いけど……ともかく、秦さんのご先祖の厚い心ばせにはつくづく甘心《かんしん》する。言も心根も違《たが》う異国《ことくに》を当て所もなく渡り歩き、果てしない修羅場を生き延び、険しい荒海まで渡り、そのあいだ飽きず諦めず、みなの安堵の住処を求めつづけたんやもんな。貧をかこつばっかりの大倭の百姓とは、心ばえがまったく違う」

煽ったカマタリも夢中になって気勢をあげ、

「……咸陽の都から逃れでた始皇帝の御孫の孝武王も、末葉らがそれほど逞しい人に生い立つとは、

思いも及ばなんだじゃろな、ふっふ」

　有頂天に上ったシムラが、思いもしなかった嬉しい〝構図〟を思いついて、とろけるような笑みを浮かべた。

「祖も驚く末葉ら、か。やろなあ。われら大倭の百姓も、その心ばせにあやかって、心に張りたらゆうもんを持って、健気に暮らしてゆかんとなあ……ゆうても、われらは、血の筋や心の筋どころか、大祖父《おほおほぢ》（曾祖父）のことすらよう分からんけどな。まあ、われらは、先祖のことなんぞ分からん方が仕合わせなんやろけどな、くっく」


「……先祖の口を、寄せてやろうか」

　共感やら、自嘲やらに大わらわのカマタリに、モモナがふと優しい声をかけた。

「いらん。モモナにかかったら、われの先祖は、蚤《のみ》か虱《しらみ》か、そんなもんにされかねん」

　抜け目のない小商人がとっさに真顔をつくり、冗談めかして予防線を張った。が、

「……いかにして知った？」

　と、むざんに仕留められた。いきなりやられては、口八丁も開いた口がふさがらない。

　ひと休みといわんばかりにもろ手を押しあげ、ゆっくり身をほぐす巫女の涼しい横顔を、ただただ眺めるばかりである。

（……いま、この綺麗な口が、ゆうたのか？……）

こころ魂

「応神天皇の十四年、大倭に来帰《まうけ》けた弓月君は、ただちにあの軽島(現、橿原市)にあった明宮《あきらのみや》に上がり、《臣《やつかれ》、故国《くに》の百二十県の人夫《たみ》を率いて帰化《まうけ》けました。しかるに新羅人《しらぎびと》が道をふさいだため、すべなく人夫を加羅に留め置きました》と申した、と『紀』にある……人夫を大和にお召したまわりたい、と請うたのじゃろな」

シムラが、少々胸を張って、微笑んだ。その家風に惚れ込む秦氏の祖《おや》が、渡来早々に踏んだ、飛びきりの晴れ舞台である。あの御門にいきなり上がり、新羅に奪われた民を取り返していただきたいと願いでた、というのだ。それが、なんと公の史に記されるのである。幼いシムラの心を躍らせたあの驚喜の壮挙であり、氏の末端に連なる市井の史家が、中老のいまなお目尻を下げて当然の、痛快無比の快挙なのである。

シムラには、まず、弓月君なればこそ、という誇らしさがある。

ときの韓半島の情勢からして、同じような非運や逆境に見舞われた難民はほかにもいたに違いない。が、民の救出という大ごとを朝廷に願いでた渡来人は、弓月君をおいて伝わらない。そもそも、朝廷になにかを願いでたという渡来人はほかに伝わらない。それほど稀有な、雄々しい業《わざ》を渡来早々に為したのだ。秦氏の祖は、空前絶後の益荒男《ますらを》なのである。

ことに、その訴えぶりが頼もしい。

弓月君とその一族郎党は、死にもの狂いで筑紫に辿りついた後も、倦まず休まず大倭の京《みやこ》を目指した。その胸には、やむなく加羅に留め置いた人夫を、この終《つい》の当て所《ど》である大倭にぜひにも呼び寄せたい、という一途な思いがあったに違いない。

頼む先は、故地《くに》の任那（加羅）が久しく好《よ》しみを通じ、その任那を後ろ見る大倭の御門をおいてほかにない、と思い定めていたのであろう。《弓月君、百済より来帰り。よりて奏《まう》して曰《まう》さく……》という『紀』の直截な記述が、その迅速果断な決行を雄弁に物語る。

そこに、いかにしてもこの大倭に一族郎党うち揃う安堵の在所を建ちあげて、六百年、三十代にわたる一族郎党の常しえの望みを叶える、という凛々しい覚悟が見てとれる。唐土《もろこし》から韓《から》、さらに半島の南端まで、長く厳しい流浪をつづけた先祖たちを継いだ弓月君の雄々しい心ばえがありありと浮かぶ。果てしない流浪のなか、みなで培った不屈の心肝と、したたかな世渡りの才覚、親族《うから》、族《やから》を思いやる心ばえを彷彿させる………。

「あのねえ……」

シムラの陶酔を醒ますように、カマタリが冷やかな声をかけ、白い眼で見やった。

当然だろう。日ごろ、平城宮《ならのみや》の朱雀門を、朱雀大路の南の端に置かれた西市のあたりから、畏れ、また、妬む眼で仰ぎ見る下々の小商人《こあきうど》である。あの門をくぐることなど夢の夢、と天から思い込んでいる。その〝暴挙〟を、異国《ことくに》の者が渡来早々やってのけ、あろうことか、あの厳めしい御門に大それた願い事まで仕でかしたのだという。何をか言わんや、の笑い種《ぐさ》なのだろう。で、

「召すゆうんは、海の向こうから人夫を助けだしてほしいゆうことやろう？　応神天皇ゆうたら、河内《かはち》の古市《ふるいち》に大きな御陵《みささぎ》が祭られる、やむごとなき天皇や。そのお方の御門に、参来《まうけ》たての人がにわかに上がって、そんな理《わり》なし（無理）なことを願うた、てか？」

と、『紀』が伝えるという〝絵空事〟をじわっと弄《いじ》り、その世離れした夢物語を鵜呑みにして得々と語るシムラの〝無邪気〟をねっとり冷やかした。

「願うたと記されるわけでないのじゃが、そういうことになるじゃろな。たしかに、なかなか為せんことじゃな。大倭の百姓《ひやくせい》には思いも及ばん業《わざ》じゃろう、ふっふ」

人の好いシムラに、婉曲な皮肉など通じはしない。むしろ、〝皮肉〟が〝驚嘆〟に聞こえて、いっそうのぼせあがった。

「思いも及ばん業、てなもんやない。僻覚《ひがおぼ》え（記憶違い）のような紛《まが》い事や」

「じゃろう。それほど稀なことじゃから、『紀』の撰者が記したのじゃろな」

「ゆうて、悪いけど……」

カマタリが胡坐を組み直しつつ、

「弓月君は、韓から逃げてきたばっかりの人やろう？　そんな人が、あの御門に直《ぢき》に入れてもらえる、か？」

と、伝えの穴をぶすっと衝いた。嫌みの通じないシムラに焦れ、その目の前に、『紀』の記録違いか、はたまたシムラの記憶違いか、思い違いか、というおのれの臆見をどんと置いてみせたのだ。それでも物足らぬのだろう。（百姓なら、童でも分かるこっちゃ）と侮る目つきで、シムラの〝得意顔〟を舐めまわした。その言い種、仕種に酔ったか、あるいは、僻み根性に火がついたか、

「その伝えが実《まこと》やとしたら、そら、怪しい。この世のなか、底なしの貧にあえぐ百姓が溢れてる。その地《ぢ》イの民を放ったらかしにして、余所の国の、それも、来帰ての人を心安う御門に入れて、随に願いを申させたゆうんなら、そら、依枯《えこ》がすぎる。何程《なんぼ》、弓月君が唐土の皇帝《みかど》の末葉《すゑば》やゆうたかて、そんな別《べち》な持て成しをしたてなこと……聞いて呆れる」

一気に、まくし立てた。われ知らず矛先を朝廷にむけ、その〝依怙贔屓〟を本気で罵っている。いまの世情と、いにしえの伝えをごた混ぜにした、筋違いも甚だしい言いがかりだが、それはまだしも、十年ほど前に出された《ときの政《まつりごと》の善し悪しを言う者を捕らえよ》という史上初の言論統制を屁とも思わぬ危うい年寄り、というほどの剣幕である。

中老のいまに至るも、楽な世過ぎ身過ぎなど味わった例《ためし》のない孤児あがりの苦労人は、当然のように、世を拗ねる。日ごろ、その皺の腹に上々への僻み妬みを溜めこみ、肋の胸に憤懣を燻らる。

そんな憤懣親爺が、御門の〝依怙〟と思い込めば、黙っていられようはずもない。〝心労〟という名の劇薬をもって必死に練りあげた〝辛抱〟が売り物の小商人《こあきうど》とあろうとも、下々の働きを費《つひ》やして贅をむさぼるらしいお上の〝得手勝手〟だけは、どうにも我慢ならないのだ。

まして、この「ふること語り」は内輪の語らいである。その〝外に漏れることがない〟という気安

さが、いやがうえにも〝義憤〟の火に油を注ぎ、〝隠れ反骨〟の性根を赤々と燃えあがらせる。おのずから〝不公平〟〝不正〟を憎悪する〝隠れなき反骨〟に化す。〝邪推〟〝時代錯誤〟〝筋違い〟など物ともしない。いや、そもそも、頭にない。

「なにも、唐土の皇帝の末葉じゃから、というわけではなかったじゃろがな……」

カマタリの〝憤慨〟に気づいたシムラが、例の駄々っ子を宥めるような声を出し、

「御門に上がったというても、いまと違《たご》うて、天皇《すめらみこと》を大君《おほきみ》（大王）と申したころのことじゃった」

史家の顔になって語りはじめた。

「いうまでもなく、いまの天皇、かつての大君は、その筋が豪族らとはまったく違う。大君、いまの天皇の祖《おや》は、皇祖《すめろぎ》の天照大神の皇御孫《すめみま》である天津彦火瓊瓊杵尊《あまつひこほのににぎのみこと》と申す天つ神にまします。高天原を治める天照大神が《葦原の瑞穂《みづほ》の国は、わが子孫《うみのこ》が王《きみ》たるべき国なり。汝《いまし》、ゆきて平らげよ》と仰せて、日向《ひむか》の高千穂に降されたお方じゃ。大倭は、皇祖の命《みこと》を授かった皇御孫が平らげるべくして平らげられた国なのじゃ」

（たしか、いつかの語りでも聞いたなあ……）

いつもながら緒から始めるシムラの丁寧な講釈に、カマタリが毒気を抜かれた。

「その大倭に只ひとつの皇御孫の筋を引く大君、いまの天皇は、おのずから品もほかの者とまったく違《たが》う。御許に、神と人のなかに立って神の御言を告げる中臣氏と、祭りに仕える斎部《いむべ》氏、吉凶を占う卜部《うらべ》など、皇御孫に従うて天降った神々の末葉である神人《かみびと》（神官）をはべらせて天神地祇《あまつかみくにつかみ》を祭り、

天下《あめのした》を治める高い御位《みくらゐ》、世に聞える高御座《たかみくら》に坐《ま》します」

「そらあ、豪族なんかとは、筋も品も違《たが》うやろな」

「豪族は、朝家《てうか》から枝分かれして臣《おみ》に下ったかの竹内宿禰の末葉のほか、皇御孫に従うて大倭に天降った天つ神の末葉と、もともと大倭で各々の地を領《うしは》いた国つ神の末葉らから成った。上々に違いはないが、皇御孫の筋を継ぐ大君とは筋も品もまったく違うて、みな己が勢いでもって各々の地と民を領うたまでの人らじゃな」

「そや、地の主《あるじ》や、君や、ゆうても、みな、並みの者なんや」

カマタリが小気味好さそうに吐き捨てた。隠れ反骨というより、〝豪族嫌い〟なのである。日ごろ百姓を虐げて甘い汁を吸う百官《ももつかさ》はおろか、それを手足に使って優雅に暮らす貴族、むかしの豪族などは、恨み妬みの種、目の敵以外の何者でもない、という僻み屋なのである。百姓なら誰しもそうなのだろうが、苦労が過ぎたぶん、過敏症に変異しているだけなのだ。

「とはいえ……いにしえの大君の徳（権威）は、いまの天皇ほどに高うはなかった。別《べち》（特別）なお方に違いはないが、その格は、取りわけというほどの高みには至ってなかった。というか、豪家らが、まだそれほど高《たこ》う見ておらなんだのじゃろな。

じゃから、仕える官人は、いまほど多うはなかった。京《みやこ》も、いまの平城京のように広うはなかった。宮も、いまほど厳《いつか》しい造りでなかった。弓月君が上がった応神天皇の明宮の閾《しきみ》（敷居）は、いまの平城宮《ならのみや》ほど高うはなかったじゃろ……いうても、われも、この目で平城宮を仰いだことはないがな、ふっふ」

と、シムラが「いま」を奮発して、今昔における朝廷の権威や格式の落差という、かねて心づもりの落としどころに辿りつくと、

「ほな、弓月君はあの軽の丘をとことこ登っていって、心安う御門を訪《おとの》うた？」

カマタリが、片手拝みの身振り手振りを交えて、シムラの苦心の講釈をやんわり冷やかした。難癖をつけた嫌いはない。相手が生真面目に語れば語るほど、それをはぐらかさずにいると気恥かしくなるという、皮肉屋特有の妙な照れ癖なのだろう。

「はっはっは、それほど心安うはなかったじゃろがな……君は、この大倭が一族郎党の終の拠り所、望みの地と見ておった。さるべきこと、ここを先途の挑み所と見定めておった。ぜひにも御門に上がって一族郎党の三十代にわたる願いを訴えようと、腹を据えておったじゃろ」

カマタリの茶化しに気分を入れ替えたシムラが、回りくどい講釈をさっと放りだし、本根の、俗っぽい読み筋に向きを変えて、

「加羅に残した人夫には、絹や綿、銅《あかがね》、鉄《くろがね》など種々《くさぐさ》の物をこしらえる才伎《てひと》が多《さは》におったじゃろ。むかし、大倭の豪族が保っておった部曲《かき》（職能集団）のような宝（財産）じゃな。みなで支え合うて修羅場を生き延びてきた弓月君らには、宝というより、親《しん》（身内）のような者やったじゃろ。その切《せち》（大切）な人夫を新羅に奪われ、身を切られる思いで加羅に残してきた。人夫は、いまも新羅の荒い手のもとに苦しむ。

ここは、なんとしても御門のお恵みを賜って人夫を助けだし、大倭に呼び寄せねばならん。それが成らねば、せっかく終の当て所《ど》にたどり着いた甲斐がない。なにより、一族郎党がうち集うて安堵の

在所を建てるという永久《とは》の願いが叶わん。親族族を守り通した代々の祖《おや》らの久しい労《いたつ》きにも報えん……弓月君は、そう思い入れて、腹を据えてことに挑んだのじゃろ。大倭をおいて拠り所がなく、御門をおいて頼む先がなかったからな」

と、少々力んで説き立てた。ことは、過酷な境涯を乗り越えて、ようやく大倭に渡ってきた先祖たちの新天地に向けた意気込みである。力説せずにはおられない。

「みなの永久の願いを叶え、先々の暮らしの礎を築き、祖らの労きにも報いる、か……実《げ》に重い思い入れやったんやなあ。そら、この大倭を終の当て所、寄る辺とみて、荒い海を渡ってきたんやもんなあ」

苦労人は、心情仕立ての口舌に、人一倍脆い。

「で、弓月君らは、ぜひにも御門に願いでようと、肝胆を砕いて巧《たく》んだ……筑紫から京に向かう道すがら、各々の地で舟を下り、地の豪族に任那や新羅、百済の様子を面白おかしう語って聞かせ、また、道や城《き》を記した韓の図を見せて、みなの気を抜いた。おのれの見たこと、聞いたことを、遠く御門の耳に届けるよう、豪族らを炊きつけつつな」

「図を見せて、気を抜いた？」

「……『紀』によると、神功皇后の四十六年に、百済が御門と好しみを通ずる加羅の卓淳国に使いを遣り、《東《ひむがし》の方《かた》にある貴国《かしこきくに》に朝《もう》でたい》と、大倭への道路《みち》を尋ねておる。弓月君が来帰たのは、それから三十年ほど経ったばかりのころじゃった。ときの三韓《みつのからくに》は、いまの新羅ほど姿も形も定かでない、遠い異国《ことくに》やったじゃろ。韓に近い筑紫の豪族らはまだしも、山陽道の者には、三韓の仔細など、夢見るような語り種やったじゃろ」

「それで、図を見せて、豪族らのど肝を抜いた、ゆうことか……」

「韓の方では、百済は早や御門と好《よ》しみを結んでおったが、新羅はなお御門に抗うて、構えておった。御門も、その新羅の有り様に目を懸け、耳を澄ましておったじゃろ。

ましてて、応神天皇は、母の神功皇后が韓、とりわけ任那に建てた足代《あししろ》（足場）を継がれたお方じゃ。そののち五代、およそ百年にわたって河内に置いた宮からしばしば御軍《みいくさ》を出《い》だして新羅や高麗《こま》を撃った天皇方の、いわば、初代にあたるお方でもある。韓、とりわけ新羅の様子に、つねづね御心を留めておられたじゃろ……弓月君は、そのあたりに目を立てて、ぜひにも、御門の興を引こうと、いろいろ手を砕いて賢う企《たく》んだのじゃろな」

「賢い謀《たばか》りでもって、御門に入れてもろうた、ゆうことか……」

小商人は、世間通だけに、下工作などという裏話にも脆い。

「宮に上がると、弓月君は金《こがね》、銀《しろかね》、珠《たま》など、ときの大和にめづらしい種々《くさぐさ》の宝を奉った。加羅を落ち延びるときに、ひた隠しに持ち出《い》だした命代わりほどの切《せち》な宝やったのじゃろ。応神天皇の十人《とたり》あまりの皇后《きさき》、妃《みめ》にも喜ばれようと、きららかな絹を一杯《ひとはた》奉った」

「十人あまりの、皇后と、妃……」

中老の寡男《やもを》が、驚きやら、妬みやら、恐ろしさやらをない交ぜにしたしゃがれ声を絞りだし、とたんに白けたエツメが仏頂面をそむけ、キキがくくっと翁紛《おきなまが》いに笑った。

……融通王（弓月君ともいう）、誉田天皇の十四年に二十七県の百姓を率いて帰化。金、銀、玉、帛などを献上す……

『新撰姓氏録』〔左京・諸蕃・太秦公宿祢条〕

「さすが、修羅場を生き延びた一族郎党の長《おさ》やな。まさに、巧みな謀りや……けど、あの御門に息なし上がって、滅相なことを願いでたてなあ。弓月君は実に好《げ》え肝魂《きもつたま》してる」

ようやく納得したらしいカマタリが、「ええ肝魂」という、取って置きの褒め言葉を使って弓月君の豪胆を褒めそやし、言いつつ、その口元に薄ら笑いを浮かべた。あの朝廷に、言うにこと欠いてというような願いごとを臆面もなく奏したという、弓月君のあまりに世間知らずな〝妄動〟を、〝怖いもの知らずの空胆力《から》〟と褒め殺したのだ。

「肝が太いじゃろう、ふっふっふ」

「まあ、弓月君にしたら、願うだけ願《ねご》うて、〈明かん〉って否《いな》ばれて元々ゆう腹やったんやろな。〈何方《どつか》、田舎《でんじや》の地《ぢ》イでも呉れてやるから、皆で和やかに暮らせ〉とかなんとかゆうてもろたら儲けもん、とでも踏んでたんやろ。まさか、海の向こうから人夫を連れてきてもらえるてなこと、思うてもなかったやろからな。なんぼ、来帰たての人ゆうても、そこまで甘うはなかったやろ。なんせ、願うた先があの御門やもんな、へっへ」

世間通のカマタリが当てずっぽうを並べて、無心に喜ぶシムラの無邪気を当てこすると、

「……ものは、試みてみるもんじゃな。御門は、その弓月君の願いを快う許され、ただちに葛城襲津《かずらきのそつ》彦《ひこ》を加羅にやられた。《弓月の人夫を召せ》とな」

シムラが、得意を満面に返し、

「襲津彦というのは、かの竹内宿禰の男子《おのこ》じゃ。かつて大倭の大野の西の縁《へり》にあって東の朝家と並び立つほどの勢いを取った葛城氏の祖《おや》で、ときの大倭で、もっとも重い豪族じゃった。それを疾《と》く遣られたのじゃ。もったいないお恵みじゃろう」

と、目尻を下げた。ときの難民たちが、ようやくたどり着いた大倭で舐めたであろう難渋を思えば、〝摩訶不思議〟なほどの、前代未聞の恩遇である。（特別過ぎはしないか……）という疑念が頭をよぎるほどの稀有な厚遇なのである。

「あの御門が、豪族を海のむこうに遣った？……来帰たての人の人夫を助けるために？」

カマタリが、驚きの上に、疑いをねっとり塗りつけたような声で、じわっと質すと、

「……君は、よくよくしたたかな、口の巧みな人やったのじゃろな」

シムラの声が弾みだした。また、カマタリの〝不審〟を〝驚嘆〟に聞き違え、皮肉屋の〝面食らった〟顔を見て、頭によぎりかけた疑念がたちまち掻き消えたのだ。

「弓月君は、まず、人夫の技や才の値を事々しう申したて、そのうえで《臣《やつかれ》、大倭に帰化《まうく》べく人夫を率いて出《い》で立ちました。しかるに新羅人が道をふさいだため、すべなく人夫を加羅に留めおきました》と、嘆いてみせた。みずから臣《しん》を名乗って御門におもね、〈おのれは御門の徳を慕うて帰化《まうけ》た健気《けなげ》な者、御門に抗う新羅はその殊勝な者を踏みしだいた悪《あ》しき者〉と哀れに訴えて、御門が公腹《おほやけばら》を立てる（公憤）よう巧みに仕向けたのじゃろ。いわずもがなの願いなど口に出《い》だす、しかも、確《しっか》と乞い願うたのじゃろ、ふっふ」

「来帰たての人が、そこまで謀《たばか》った？」

「……帰化の帰という字には、身を寄せるとか、服《まつろ》うとかという趣がある。また、化《け》という字には、人が姿を変えるという趣がある。つまり、帰化という言《こと》は、異国《ことくに》の者が御門の徳を慕うて大倭に身を寄せ、良民（公民）に加えていただきたいと願うという、殊勝な心を表わすらしい。弓月君は来帰《まうく》と言わず、帰化《まうく》というなど、言を巧みに使いわけて、御門の心を熥《くすぼ》ったのじゃろ、ふっふ」

カマタリの〝驚き〟にいっそう調子づいたシムラが、得意げに講釈を重ねると、

「ひとりで、言葉巧みに、あの御門を弄《いろ》うた、のか？」

皮肉屋の開いた口がふさがらなくなった。渡来したての弓月君の卓越した才覚に仰天したのか、それとも、君の才覚を〝買い被り〟すぎる〝末裔馬鹿〟のシムラに呆れたのか……。


「が、かの襲津彦が三年《みとせ》になるも新羅から帰らん……」

シムラがこみ上げる笑いをかみ殺しながら、曰くありげな裏話を畳みかけた。

「襲津彦には、前にも同じような例《ためし》があってな。『紀』が引く百済の『記』によると、神功皇后の六十二年にも朝貢《みつき》を怠る新羅を撃ちに遣《つか》わされたのじゃが、新羅の王《こきし》が謀って、選《え》りすぐりの美し女《くはしめ》ふたりを飾って襲津彦を津《とまり》に迎え、誘わせたという」

「来たのは、好み心（好色）の百姓やのうて、大倭一の豪族やで。痴《し》れがましい、へっへ」

思いも寄らぬ好みの展開に、精気を取り戻したカマタリが、たまらずにやつき、「大倭一の豪族」などと豪族嫌いらしからぬ言葉まで口にして、新羅の浅はかな企みをあざ笑うと、

「その誘いにまんまと嵌《は》まったのじゃろな。襲津彦は美し女を取ったらしい。そのうえ、あろうこと

か、新羅にかえて、御門が後ろ見る加羅を撃ったという」

いっそう気分の乗ったシムラが、我しらず、カマタリをさらに煽った。

「美し女を取った？……敵《あた》と方人《かたうど》（味方）を取り違《たが》えた？……」

「襲津彦は、大倭と韓の此方彼方《こなたかなた》で働いた豪族じゃったらしい。そもそも、葛城氏というのは、韓の筋を引く豪族らの集まりじゃったとも伝わる。その長の襲津彦の性をたな知る新羅の王が、美し女ふたりを使うて巧みに誑《たぶら》かしたのじゃろな、ふっふ」

「大倭と韓を跨ぐような男が、そんな浅ましい罠にやすやすと嵌ったのか。その粗忽に懲りんと、また嵌まった？　好み心の極めのような奴《やつ》ちゃなあ……羨ましい」

「で、前と同じように、天皇のお怒りを恐れて隠れたのか、あるいは美し女と楽しう暮らしておったのか、はたまた、化《ば》かされて囚《とら》われておったのか、ぷっはっは」

眉をしかめるカマタリを前に、シムラがたまらず吹きだした。

「まえは、皇后のお怒りを恐れて、いたずら童のようにこそこそ隠れよったのか？　それに懲りんと、こたびもまた天皇のお怒りを恐れて隠れよった？　三年も？……なんちゅう奴ちゃ」

エツメとキキもたまらず噴きだした。ひとり息巻くカマタリが可笑しいが、粗忽で、好色で、そのうえ小心という大豪族も笑えるのだろう。ふるえる薬指で涙をぬぐう。

「御門は、つぎに平群木菟宿禰《へぐりのつく》と的《いくはの》戸田宿禰というふたりの豪族に精兵《すぐれるいくさ》を授けて韓に遣った。《襲津彦が久しう帰らぬ。新羅が道路《みち》を塞ぐのであろう。汝《いまし》ら、速やかに往《ゆ》きて新羅を撃ち、襲津彦の道路を開け》とな」

「……また、兵《いくさ》を遣った？」

「平群木菟宿禰というのは襲津彦の甥で、的戸田宿禰は襲津彦の男子《をのこ》じゃ……平群氏は、葛城氏と並んだ大きな豪族じゃったらしい。葛城氏が葛城の御山と葛城川に挟まれたあの丘を本所と田荘《たどころ》（私有地）とし、平群氏が葛城の北、大倭川のむこうの平群谷を領《うしは》いたという」

「伯父と甥のたった二氏《ふたうぢ》で、この大野の西の縁《へり》を北から南までを押さえとったのか」

豪族嫌いが細い首をいっぱいに伸ばし、奈良盆地の西側にそびえる金剛・葛城山地のふもとに青々と広がる丘を憎々しげに睨みつけた。

「……葛城氏の本家は、三代のちの円大臣《つぶらのおほおみ》が、ときの雄略天皇に滅ぼされ、それに代わったのが平群氏じゃった。真鳥《まとり》という長が雄略天皇に大臣《おほおみ》に取り立てられ、それから四代の大君に仕え、物部と大伴の二氏の大連《おほむらじ》とともに御門の政《まつりごと》を執ったのじゃな。

大臣の臣《おみ》というのは、各々の地と民を領いた大きな豪族らが賜った姓《かばね》で、大臣はその臣を賜る氏々ら地の豪族を統べた品じゃった。片方《かたへ》の大連の連というのは、御門に連なるという名じゃろな。兵《いくさ》と職《そく》をもって御門に仕えた豪族らが賜った姓で、大連は、その連を賜る氏々らを統べた品じゃった。大連が御門を内から、大臣が御門を外から支える、という形やったのじゃろな。

その大臣につけられたのじゃ。平群氏は、葛城氏に次ぐ重い豪族やったのじゃろ。

もうひとりの、的氏は、その名の通り、的を射る弓矢に長けた兵《いくさ》の家で、戸田宿禰は葛城氏のもとに、任那の内官家《うちつみやけ》（屯倉）にも勤めたらしい。襲津彦に次ぐ勢いの甥と、つわものの息子のふたりに精兵を授けて、襲津彦を助けに遣った、ということじゃな」

「あの御門がそこまで手を懸けたのか……」

「ふたりの将軍《いくさのきみ》は、加羅に至るや、御軍《みいくさ》を新羅との国境《くにざかひ》に進め、それを見た新羅の王が怖じ入って自ら罪に服した。《よって、将軍らが、弓月君の人夫を率いて、襲津彦とともに来《まう》けた》とある。足掛け三年待たされたが、弓月君は、ついに、もったいないお恵みを賜って、一族郎党の永久《とは》の願いを叶えたのじゃ。六百年、三十代にわたった、一途な思いをあげて遂げたのじゃ」

「聞けば聞くほど、妙《めう》な伝えやなあ。海のむこうに御軍《みいくさ》を遣るんは容易《たやす》いことやないやろに、それを二たび遣って、その将軍らが弓月君の人夫を引き連れて襲津彦とともに帰ってきた、か……あの御門がなんとも優しいこっちゃ。いや、過ぎる……」

カマタリが、不審と僻みをないまぜにしたような声で繰り言すると、

「たしかに、海の向こうに兵を遣るのは、容易《たやす》いことでないじゃろなあ」

シムラが、ふと笑顔を真顔にかえて、自問するようにつぶやいた。聞き手の御託に揺り起こされて、もともと胸のうちにあった、漠とした〝疑念〟が膨らみだしたのだ。

なにゆえ御門は一介の渡来人の急な願いを聞き入れたのか……という疑問である。

よくよく思うに、ことは、弓月君の周到な準備や一途な願いのみで成し遂げられるような小事ではない。その裏には、なんらかの事情や曰くがあったに違いない。とは思うものの、それを解き明かすのは至難の業に近い。

行間を読むことすら難しいほど簡略な記述が並ぶ『紀』の常として、大方の政《まつりごと》は、その動機や目的そのものはむろんのこと、それを推測する手掛かりすらほとんど記されない。まして、新参の渡来人に施した恩遇などいう些事となれば、なおさらそうである。あえて、その内実を探ろうとすれば、みずから立てた憶説のうえに、さらなる仮説を重ねるような強引な手段に訴えるほかにない。

悠長なシムラがそんな性急な手に走るはずもなく、おのずと、『紀』や秦氏の伝えを読み返すことになる。が、そこに答えがあるはずもなく、往々にしてもどかしい疑問を抱え込む結果になる……素朴な勉強家の避けられない難題なのである。で、

「御門の命《めい》は《新羅を撃ち、襲津彦の道路を開け》ということじゃったが、将軍らは《弓月君の人夫を率いて、襲津彦とともに来た》と、ある。御軍《みいくさ》の当て処《ど》は、襲津彦のみでのうて、弓月君の人夫にもあった、と思わせる書きぶりじゃが……」

と、『紀』の記事を復唱し、

「御門は、君の人夫の値を、それほど高う踏んだのじゃろか……」

色よい答えを期待するかのような、恥ずかしげな声で、カマタリに反問した。が、

「そら、ないやろ」

と、にべもなく首を振られた。

「じゃろなあ。将軍らは、御門の命に従うて襲津彦を助けだし、ことのついでに、君の人夫を連れ帰った、ということじゃろなあ」

シムラが少々暗い声を出し、

「葛城氏は、のちに襲津彦の娘の磐之媛《いはのひめ》を応神天皇の御子である仁徳天皇の皇后《きさき》に、また孫《うまご》の黒媛を、仁徳天皇の御子である履中天皇の妃《みめ》に入れた。ときの大倭で、ほかに並ぶ氏のない朝家《てうか》の御族《みぞう》（御一門）に成りあがったのじゃな。その祖の襲津彦じゃ。御軍をもってしても助けださねばならん重い人やったのじゃろ。君の人夫は、その襲津彦のお零れにあずかって召された、ということじゃろなあ」

と、講釈しつつ、おのれにとくと言い聞かせた。が、

「襲津彦の道路を開けゆう仰せやったんなら、そうなんやろけど、あの襲津彦ひとりのために、ふたたび兵を遣ったゆうのも、過ぎた扱いやなあ。重い豪族ゆうても、好み心の、粗忽な奴《やつ》ちゃろう。そんな奴のために、あの御門がそこまでやるやろか？」

また、カマタリにあっさり水をかぶせられた。

「たしかに、襲津彦ひとりのために、二たび御軍を遣ったというのも、あまりに事々しい扱いじゃなあ……ん？……二たび、御軍を遣った？…………そうか、弓月君の願いは、新羅を脅す好《え》え言付《ことづ》け（口実）に使われたのじゃ」

はたと気づき、たちまち落胆した、というように、シムラが声を落した。

「好え言付け？」

「……新羅は、応神天皇の御代になっても御門に抗い、朝貢《みつき》を怠るばかりか、御門が後ろ見る任那をしばしば侵しておった。弓月君の願いは、その新羅を咎めるまたとない言付けになったのじゃろ……新羅は、御門に服《まつら》ぬばかりか、御門の徳を慕うて帰化ようとした健気な者たちの行く手まで妨げた。見過ごせん、とな。

で、襲津彦を徒手《むなで》（手ぶら）で新羅に遣り、弓月君の人夫をただちに差しだすよう言向け《ことむ》（説諭）させた。実のところは、襲津彦の恐しい顔と強《こは》い口でもって、新羅の非を咎め、心を改めさせて任那攻めを止めさせようと計ったのじゃろ」

シムラが力なく言いつのった。カマタリが思わずしらず口にした「また兵を遣った？」に目を眩まされていたことに気づき、慌ただしく『紀』の記述を検証し直して、侘しくも、これが真相と思しきところに思い至ってしまった、という苦い声である。

「はじめは、襲津彦を徒手でやったのか。兵《いくさ》をやったんやないんやな」

たちまち合点したカマタリが明るい声をあげた。

「理《ことわり》も、由《よし》も足らんからな……あの神功皇后の御軍がはじめて押し寄せたとき、その兵を見た新羅の王《こきし》がたちまちみずから服《まつろ》い、《吾《われ》、聞く。東の方《かた》に神の国があるという。大倭という。その国に聖王《ひじりのきみ》あり、天皇《すめらみこと》という。こなたに寄せてきたのは、かならず、その神の兵であろう。兵を興して防ぐことがあろうか》と申したとある」

「そらあ、大魚《おほいを》が船を運んできたんやから、魂消《たまぎ》て、神の兵と見たやろなあ」

「新羅の王は、大倭を神の守る国、天皇を聖の大君と畏れたのじゃな。また、応神天皇の御代に、百済の王が《東の方にある大倭の貴き国《たふと》》と称えたともある……仮にも、韓《から》の国々から〔神の国〕やら〔聖王〕やら〔貴き国〕やらと仰がれたのなら、理《わり》なしに、新羅を撃っては端《はした》なかろう。もっともな理や由がないとな」

「新羅や百済ゆうのは、口の達者な国やったんやろなあ……大倭は、若い」

「任那をしげしげ侵した新羅は、御門に帰化《まうけ》ようとした弓月君の人夫を奪う不埒を犯した。そのうえ、その非を咎める御門の遣いの襲津彦まで誑《たぶら》かして質に取った。返す返す、もってのほかの振る舞い、非道《ひだう》このうえない悪業《あくごふ》であると、ついに将軍らに精兵を授けて韓に遣った……言付けが調い、いよいよ新羅を撃つ潮が満ちたのじゃな」

言葉を重ねるほどにシムラの声が暗くなった。

弓月君の快挙を称えるに留めておければ、それに越したことはない。が、そんな晴れ事だけでは、大人の読みになりそうにない。ここは、朝廷が弓月君の訴えに託《かこつ》けて本来の目論見を果たした、という苦い推測をつけ加えざるをえない。唐土の皇帝の末裔を名告った弓月君といえども、たかだか新参の渡来人である。いきなり破格の恩遇を賜れたはずがない。将軍らが弓月君の人夫を連れ帰ったのは、ことのついでか、行きがかりに思い立ってのことか、いずれ、成り行き上の業であったに違いない。

それが政《まつりごと》の世間の常というものだろう……と、少々うなだれた。

「言付けが調うたから、いよいよ兵を遣った、ゆうことやな。それなら、いかにも公らしい方便《たづき》や……ゆうことは、人夫ばかりか、襲津彦も好え言付けに使われたんやな」

言付けという生々しい一言を聞いて、頭のなかにもやっていた霞がすっかり晴れたのだろう。カマタリがいっそう朗らかな声を出し、行きがけに目の敵にする大豪族も小馬鹿にし、

「けど、それやったら、弓月君の一族郎党は、御門から尊い御恩を賜ったようで、実は、好えようにあしらわれてた、ゆうことになるなあ」

と、シムラの胸の底に沈殿する侘しさの種を摘みだして、突きつけた。嫌味を言った嫌いはない。

いつもの伝の、難波育ちのあけすけな性癖がなせる軽口なのだ。

「けど、人の間《まん》というのは、ときと、ところで大きう変わるもんじゃな。唐土や韓で労《いたつ》きつづけた弓月君とその一族郎党が、大倭に来帰るや、たちまち御門に許されて滅相な願いを申しあげ、その願いどおりに人夫を召していただいた……裏の仔細はともあれ、また、足掛け三年待たされたがな。

弓月君らはまた、あの襲津彦に預けられ、葛城の朝津間《あさづま》と腋上《わきがみ》に安堵の住処も賜った。一族郎党の六百年、三十代にわたる久しい願いをあげて叶えたのじゃ……人たるもの、ときには一向心《ひたぶるこころ》（蛮勇）も起こしてみるべし、ということじゃな、ふっふ」

と、シムラが後日談をつけ足して、精いっぱい、おのれを励ました。敬愛する祖に、御門の言付けに使われてようやく永久の望みを叶えたなどというどこか後ろめたいおのれの語りを償いたいというような声でもある。

「そや、やってみるこっちゃ。やったら、何でもなんとか成るもんや……成らんことの方が多いけど……ともかく、やってみんと明《あ》かん。やったら間も変わる、こともある」

シムラの真顔に気付いたカマタリが取ってつけたような相槌を打った。が、

「いや、間が変わったのではないな……」

シムラが無我夢中の目をさっと上げ、

「祖らには、六百年、三十代にわたる流浪のなかで培うた、世を生き抜く才覚や肝魂《きもだましい》、心勢いがあった。親族、族を思いやる心ばせもあった。それらを一つに織りあげた、逞しい心魂《こころだましい》があった。その

心魂を、弓月君がここぞと振るうたのじゃ。終の拠り所と頼んで、はるばる渡り来たこの大倭の京《みやこ》で、ここを先途《せんど》という際《きは》に、成るか成らんかの企《たく》みをひと息に仕掛けたのじゃ。

はたして、一族郎党の幾久しい願いをあげて叶えた……足掛け三年待たされたがな。間が変わったのでのうて、弓月君が、みずから道を開き、一族郎党の永久の願いを叶えて、この大倭にみなの行く末の礎をしっかと築いたのじゃ……裏の仔細はともあれな」

どこか不満なおのれの推量をふっ切るように自らに言い聞かせ、ひとりで頷いた。

「そや、たとえ、言付けに使われたとしても、弓月君は、みなの切な思いを遂げたんや。あの厳めしい御門に、たった一人で願いでて、一族郎党の永久の願いをあげて叶えたんや。裏の仔細やら、三年待たされたやらは、なんぼのもんでもなかったやろ」

釣られたカマタリが息巻いて、精いっぱい弓月君を持ち上げ、ついでに、シムラも励ました。苦労人は、しぶとさで生きているだけに、〝心意気〟に燃えやすい。

「弓月君には、退《しぞ》く心は露もなかったじゃろな。この大和が終の落ち行き先、頼む先は御門のみ、と思い定めておったじゃろからな。それが証《しるし》に、弓月君らは、ようようたどり着いた筑紫にしばしも止まらず、ひたすら大倭の京《みやこ》を目指してのぼってきた。京に着くや、ただちに明宮《あきらのみや》に上がって訴えた。ぜひにも、御門を頼む。この願いを叶えるまでは、一歩も退けん……そう腹に据えておったのじゃろ」

「そや、六百年、三十代をかけて、ようようたどり着いた終の当て所や。御門のほかに頼む先もない。そらあ、何があっても、退けんかったやろ。そんなとこで退いたら、みなの長ァい労《いたつ》きが泡になるもんな……そらあ、何が何でも……」

「いや、ひとり弓月君の働きではないな……」

高揚しだしたシムラの耳には、カマタリのうるうる声など遠く届かない。ことは、祖らが敷いた背水の陣である。あだや疎かには語れないと、目まぐるしく想を巡らせ、

「一族郎党の執《しふ》が成したのじゃ。みなが、幾久しい労《いたつ》きのなかで養うた逞しい心魂を合わせて、御門を動かす支度に励んだのじゃ……奪われた人夫を取り戻し、引き裂かれた一門を建て直す。みながう ち具す安堵の在所を建ちあげる。代々の祖らの労きに報い、まだ見ぬ末葉のためにも暮らしの礎を築く、という思いを一つにな。その、一族郎党に盛りあげられた弓月君が、ひとり御門に上がって、みなの一途な、久しい願いをあげて叶えた。六百年、三十代にわたって流浪した一族郎党の尽きせぬ志を仕上げたのじゃ」

また、ひとりでこくこく頷いた。

「そや、みなの願いやら、肝魂やら、才覚やら、人思いの心ばせやらをひとつにして、先祖代々の幾久しい願いをあげて叶えたのや。みなして、大きな海を手で堰《せ》くほどの滅相な業を成し遂げたんや。長ァい労きに耐えながら、みなで養うた心魂や。少々泥《ひぢ》をかぶっても、たぢろくようなもんやない。それが印に、いまの秦さんにも、皆さんがしっかと心と力を合わす家風《いへのかぜ》が吹いてる」

みなし児上がりには、〝心を合わす〟がひとしお染みるらしい。

「弓月君は、さきに事が成ることをしかと見通しておった……」

眠るように聴いていたモモナが、昂奮する親爺ふたりを尻目に、目を閉じたまま、ゆっくり口を開

いた。

（なんのこっちゃ？）と、見つめるカマタリと、シムラを気にも止めず、

「御門に申せば、一族郎党の値が高う踏まれる、われらの才と技が厚う持て成される、人夫がかならず大倭に召される。弓月君は、かねてそう見通しておった……。

その己が念を、みなに力々しく語ろうた。その弓月君の予言《かねごと》を、みなが頼んだ。われらの願いはかならず叶う、と声をあげた。声をあげ、心と力の限りを合わせて謀りことを巡らせつつ、京への長い道を倦まず休まず辿りつづけた……。

京《みやこ》に着くや、弓月君がひとり御門に上がり、一族郎党の帰化た由を思いの丈《たけ》に申した。厳めしい御門に露も臆さず、ひしひし奏した。すえに、おのが予言に露も違《たが》わず、みなの幾久しい願いをあげて叶えた……」

心象絵巻を繰るように朗々と語った。御門の御庭に伏し、自信に満ちた面構えで凛々しく言上する弓月君の心象に想いを寄せるのか、声が艶やかに潤む。

「そうじゃった……君と一族郎党は、御門を頼めば、己が願いがきっと叶う、大倭にはわれらの安堵の住処がかならずある、と確《しか》と頼んで、渡ってきたのじゃった」

シムラが、心の隅に置き忘れていた〝落し物〟を見つけたような感声をあげ、

「君が願いでたのは、成るか成らぬか賭《の》ったような謀《たばか》りでのうて、先の事成りを確《しか》と見据えて成すべくして為した事業《ことわざ》やったのじゃ……さすがにモモナ、よう観えるなあ」

うっとりモモナをみつめた。口寄せ巫女の瑞々しい透視に〝迷想〟を醒まされ、「御門の言付けに

されたという、僻んだような、また、後ろめたい臆測の自縄自縛からたちまち解き放たれたのだ。

「そや、モモナのゆう通りや。みなに守りたてられた弓月君は、事がかならず成ることをよくよく見通したうえで御門に上がり、己が計りのとおりに、みなの幾久しい願いをあげて叶えたのや。さすが、修羅場を生き延びてきた一族郎党の長や。実《げ》にしたたかな才覚、好《え》え肝魂や。あの御門をひとりで煽って動かしたのも、さるべきことや」

カマタリもたちまちモモナに便乗し、「好え肝魂」と掛け値なしに君を持ちあげると、

「と、いうことは、弓月君の願いは、新羅を撃つ言付けに使われたんではなかったのじゃろな……いや、言付けのことは、もう善《え》えか。一族郎党の三十代、六百年にわたる願いを、みなで、あげて叶えたのじゃからな」

浮き立ったシムラがいっそう朗らかな声で、おのれに、とくと言い聞かせた。

「弓月君は、実《げ》にしたたかな人やったんやろなあ。さきの事成りを見通してたゆうことは、御門の腹の底まで、見透かしてたゆうことやろう」

カマタリが、頼もしげに声を弾ませ、憶測を膨らませると、

「異国の険しい矢庭を、みなを守りながら、渡りつづけてきた長じゃからな。世間の有り様をつぶさに見、また、巷の口を広う聞き、世の中の日和《ひより》や行方《ゆくえ》によくよく通うておったじゃろ。なかでも、韓や大倭の上々の心向けやら思わくやらに眼と耳を凝らし、天下《あめのした》の潮合いに乗じて修羅場を生き延びる術《すべ》に長けておったじゃろな。とりわけ、一族郎党の行く先を頼んだ御門のことはよくよく調べ、応神

天皇の御心柄をしっかと弁えておったじゃろ。君らは、さきの事成りを確と見通した上で、迷うことなく事に及んだのじゃ、ふっふ」

シムラも、さも頼もしげに、目を細めた。

「やろな、口ばっかりやのうて、目ェも、耳も達者でのうては、憂き世は渡れんからなあ。そうゆうたら、われも、みなし児のころ、世のなかの裏側に、目ェと耳を澄まして生き延びた。まして、弓月君らは、六百年も異国《ことくに》の修羅場を逃げ延びてきた人らの末葉や。荒い海を乗り越えて、見も知らん大倭に渡ってきた人らや。そらあ、世の聞こえ（噂）に通じてたやろし、謀《はかりごと》にも長《た》けてたやろ。きっとそうや。弓月君は御門の心の底まで見透かして、先の事成りをしっかと見通してたんや……いや、言付けにされることも、かねて見通してたんやろな。何もかも呑んでかかって、ことに及んだのやろ」

とくと得心したカマタリが、いっきに意気をあげ、

「ここで成さんと、三十代にわたる一族郎党の望みが永久《とは》に潰《つい》える。いま、ここで為さいでか。この期《ご》に及んで、御門の思わくなんぞに構《かも》うてられるか。加羅から人夫を連れてきてもろたら、それで良《え》え。なんなら、ほかにも好《え》え言付けをこしらえたろかい、てなもんやったんやろ」

と、まくしたてた。苦労人は、高揚すると息巻く癖があるらしい。

「じゃろな。弓月君は、言付けにされることも、呑んでかかっておったのじゃろな」

「言付けばっかりやない。待たされることも、見通してたんやろ。弓月君は、なにもかもしっかと見通したうえで、己が思うように、ことを運んだのや。なんせ、あの御門をひとりで動かしたほどの人やからな……思えば思うほど、弓月君というお方は、したたかな人やったんやなあ」

「言付けがなんじゃい、待たされるのがなんじゃい。いずれ、かならず皆の願いを叶えてやる、というような人やったのじゃろな」

　カマタリの言った「したたかな人」に、シムラが舞いあがり、

「いや、弓月君は、言付けにされることを見通しておったというより、それを逆さに用いたのじゃろな」

　と、いっそう嬉しげに推理を働かせ、

「弓月君は、世の聞こえ、とりわけ外国《とつくに》の口を心に懸ける御門は、言付けが調わんかぎり、大きな事に及びにくいという習いを心得ておったのじゃろ。じゃから、その御門に真具《まつぶ》さな言付けを奉ったのじゃ。《臣《やつがれ》が、御門の徳を慕うて大倭に帰化《まうけ》けたいと願う加羅の人夫《たみ》を率いて大倭を目指したところ、新羅が、名も力もない臣はおろか、尊い御門をもあざ笑うように、臣の眼《ま》の前で、健気な人夫を奪い取りました》とな。御門を侮る新羅の非道を悪《あ》し様に謗って、御門がおおやけに新羅を責める言付けを奉ったのじゃ。おのれの切な願いなど、ほのめかしもせずにな、ふっふ。

　じゃからこそ、御門は、なんの躊躇《ためらい》もなしに、ただちに襲津彦のような重い豪族を新羅に遣った。さらに、その襲津彦が取り込まれると、ふたりの将軍に精兵を授けて、出で立たせたのじゃ……君がかねて描いておったあらましの通りにな、ふっふ」

　と言いつのって、胸のうちにかすかに残っていた漠たる疑問もすっかり解消した。

「弓月君は、おのれから言付けに使われたのか……」

「おのれを言付けに投げ棄《う》つという、誰も思い及ばんような、奇《く》しき策《はかりごと》を用いて思いを遂げたのじゃ

ろな。応神天皇は、《幼くして聡く、深く遠く見通される》と『紀』に称えられるお方じゃ。もし、君が味気《あぢき》ない願いを奏したり、安い謀りなどを用いたりしたら、疾《と》く追い払われておったじゃろ……いや、天皇は、おのれを言付けに投げうって事に及んだ弓月君のしたたかな心魂に心付かれ、それを愛でて、願いを許されたのかも知れん。君は君で、そうされる天皇の御心も見通しておったのかもな、ふっふ」

「弓月君は、そこまで天皇の御心に通うてた、のか……」

シムラを乗せたカマタリが、勢いづいたそのシムラに置いてきぼりを食わされたような顔をすると、そのカマタリを尻目に、

「じゃからこそ、六百年、三十代にもわたる一族郎党の一途な願いを、わずか三年ほどのうちに、あげて叶えたのじゃ。弓月君のしたたかな心魂を以ってせねば、たとえ、ことが成ったとしても、幾年もかかっておったじゃろ」

シムラが嬉しい推理を次々に膨らませ、

「弓月君というのは、実《げ》に潔い、したたかな長じゃろう、あっはっは、はっはっはっは」

と、笑いに笑った。その大声に、口寄せから醒まされたモモナがそっと目蓋をあげ、めづらしいほどはしゃぎまくる中老の史家をぼんやり眺めた。

（弓月君は、みずから言付けに使われた？……そうなのか……）

ひたみちに

「秦氏《はだのうぢ》には、弓月君のあと、河勝のまえにも、大きな働きをなした長《おさ》がふたりおったのじゃが、そのふたりが、河勝となかなか奇《くす》しき縁《ゆかり》があってな……」

「そらあ、祖《おや》と末葉《すゑば》なら、縁はあるやろな」

笑顔で語りだしたシムラのまだろっこしい言い種《ぐさ》を、カマタリが鼻で笑うと、

「というか、そのふたりの伝えと、河勝の伝えが妙《めう》に落ち合うのじゃ」

シムラが照れ笑いを浮かべて、いささか変わった曰くを、得意げに語りだした。

「代《よ》の後前《しりさき》が逆さになるが、まず河勝が生まれたのは欽明天皇の御代じゃった」

「欽明天皇ゆうたら、明日香に大きな御陵《みささぎ》が祀られるお方やろう。その御代に生まれたことが伝わるのか……さすが、大きな秦さんの名高いご先祖、河勝さんやなあ」

「いうても、『紀』でのうて秦氏《はだのうぢ》の伝えじゃがな、ふっふ……欽明天皇は、あの磯城嶋《しきしま》に建てた金刺《かなさしの》宮《みや》で、三十二年の長きにわたって天下《あめのした》を治められた。いまの天皇（聖武天皇）の直《ぢき》（直系）の祖《おや》と仰が

れる敏達天皇の父君《ててぎみ》じゃな」

カマタリのお囃しを呼び水に、シムラが、敬愛する祖の河勝が愛でていただいたという欽明天皇の人となりから語りだした。

「磯城嶋は、御諸《みもろ》の神奈備《かむなび》（神が降臨する三輪山）と崇められ、また朝家《てうか》の祭りの大もとである大神《おおみわ》神社《じんじゃ》が祀られる、あの三輪山のふもとの地じゃな。この磯城のなかでも、あのあたりは、ふるく崇神天皇が瑞籬宮《みつかきのみや》を置かれた朝家にゆかりの地じゃ。

崇神天皇は、《賢しく、雄々しきことを好み、慎み深く、天つ神国つ神を崇めたまう。つねに天つ日嗣ぎの業を修めむと思ほす御心のお方》と称えられる。皇神《すめかみ》の天照大神から授けられた御位を継ぐ日嗣ぎ（皇位継承者）が務めるべき大きな業に勤しむ御心の天皇と称えられるお方じゃ。

そのやむごとない崇神天皇と、欽明天皇が宮を置かれた磯城は、いまや大倭にかかる枕詞になっておる。国でもっともめでたい地じゃな。磯城は、石で造った城《き》をいうが、岩で囲うた祭り場のこともいう。瑞籬宮と金刺宮には、三輪山の磐座《いはくら》（神の御座所）から神を迎えて祭る神籬《ひもろき》（神座）があったのかもな。磯城嶋は、初瀬《はせ》川（大和川の上流）と粟原《おうはら》川に挟まれた島地じゃが、金刺宮はなかなか厳めしい造りじゃったらしい」

「あのあたりは、そのむかし、大倭一ゆわれた海石榴市《つばいち》や、長谷寺詣での旅所《たびどころ》がいまも賑わうなあ。美しい三輪の御山に抱《いだ》かれた、雅《みやび》なとこや」

暇に飽かしてあちこち徘徊するらしい寡男《やもを》の貧乏隠居のカマタリが、誰もが知る土地柄を小粋に形容し、エツメとキキにちらっと眼をやった。ふたりはシムラに耳を傾けている。

「欽明天皇は、その優れた、貴《あて》やかなお人柄が『紀』に記される……兄の宣化天皇が崩《かむあが》られ、群臣《まえつきみたち》から日嗣ぎを勧められたとき、天皇は直《ぢき》には受けられなんだ。《余《おのれ》は年が若く、悟りが浅い。いまだ政《まつりごと》に慣れぬ。元の安閑天皇の山田皇后が慣れたまう。皇后に御位に就いていただくように》と仰せてな。

欽明天皇は、継体天皇の手白香皇后《たしらかのきさき》が生《な》した嫡子《むかひばらのみこ》じゃから、群臣がしかるべく兄の跡継ぎを勧めたのじゃろが、欽明天皇はみずから謙《へ》るように辞《いな》ばれたのじゃ。日嗣ぎを勧められると一度は辞ぶというのが習いらしいが、欽明天皇の仰せには、じつに慎み深い御心がうかがえる。若いというても、三十歳《みそぢ》に近い御歳やったようじゃしな。

さるべきこと、御言を告げられた山田皇后は畏まって辞ばれた。《皇子は翁を敬い、若きを慈しみたまう。賢き人を礼《ゐやま》い、日が高くなるまで朝食《あさけ》も取らず待ちたまう。若くして秀でて優れ、人となりが緩やか（寛容）に柔らかにして、哀れみ深くまします。早く、皇子に高御座《たかみくら》（皇位）にのぼっていただき、天下を照らしていただくように》と仰せてな」

「欽明天皇も、山田皇后も、実《げ》に貴《あて》やかなお人柄やったんやなあ」

カマタリが感声をあげるまえに、エツメとキキがうっとり頷いた。

「欽明天皇が御位にのぼられると、それまで御門に背きがちじゃった東《あづま》の蝦夷《えみし》と西の隼人《はやと》がただちに参来《まうけ》た。外国《とつくに》からは百済と任那、さらに御門と抗う新羅と高麗《こま》が朝貢《みつき》を奉った。御門に好《よ》しみを通じた百済の聖明王は、十三年にも釈迦金銅像《しゃかのかねのみかた》と幡蓋《はたきぬがさ》と経論を奉り、大倭にはじめて仏法《ほとけのみのり》を伝えた。国の内からも外からも厚う頼まれ、とりわけ外の国々からは畏れられもした御門やったのじゃろな」

「外国からも頼まれ、畏れられたか。厳《いか》めしい御門やったんやなあ。いまはむかし、か……」

いつまでも畏まっていると、窮屈で居た堪らなくなる、というのが皮肉屋であるらしい。

「その、やむごとない欽明天皇に、河勝が愛でていただいたのじゃ。まことに妙（霊妙）なご縁を賜ってな……秦氏にめづらしい伝えがあって、河勝は、壺から生まれたという」

（壺から生まれた？……そろそろ始まりそうやな）

カマタリが、例の上目に好奇と皮肉の色を浮かべて、笑顔のシムラをうかがった。

「あるとき初瀬川に水があふれ、上《かみ》からひとつの壺が流れてきた。それを金刺宮の殿上人が見つけ、大神神社の杉の鳥居のほとりで拾いあげた。開けると、なかに嬰児《みどりこ》がおった。珠のように美しい稚児《ちご》でな。これは天《あめ》から降ってきた児じゃろと、内裏《だいり》に奏した」

（天から降ってきた児……）

「その夜、その児が、欽明天皇の御夢《みいめ》に現われて申した。《われは秦《しん》の始皇の生まれ変わりなり。大倭に奇縁があって、今ここに参来《まうく》》となあ」

（ほうら、始まった……）

「天皇は、その御夢を奇特《きどく》（不思議な徴）に思《おぼ》し召し、その児を殿上に召された。児は生《お》い立つにつれて、人に勝る才を見せはじめ、十五歳にして秦《しん》の姓《しやう》を賜った。秦は、秦氏《はだのうぢ》の秦《はだ》と同じ文字……いや、秦氏が故国《くに》の秦の文字を当てたものじゃろがな、ふっふ。

その栄えある児が秦河勝じゃった。幼くして殿上に召された河勝は、大人になる前に秦氏の惣領に許されたのじゃ。河勝は、その御夢を端《つま》に、欽明天皇をはじめ敏達、用明、崇峻、推古の五人《いつたり》の天皇と、太子に仕える御恩を賜ったという。まことに貴い御夢じゃろう」

「ちいっと作り過ぎ、ちゅうか、甘いむかし語り、ちゅうか、へっへ」

とうとうカマタリが茶々を入れた。秦氏の名高いご先祖のこととはいえ、くすぐったいほど晴れやかな物語を得々と語られれば、茶化さずにおれない質《たち》なのである。

「どんぶりこと流れてきた壺を開けたら、なかに珠のような嬰児がおって、その児が夜さりに天皇の御夢に現われ、秦の始皇の生まれ変わりを名乗った、て……なにやら、童むけのむかし語りのような、へっへ。ここに居るんは、みな齢《よはひ》の者《もん》や。若う見えるモモナも、三十《みそぢ》の女《おばはん》……」

いったん茶化すと弾みがつく。とっさに止まらない。つい口が滑り、それに気づいたカマタリが口をつぐみ、胡坐をかかえて背を丸めた。むろん、滑りでた言葉は口に戻らない。小さい身形《みなり》も隠せない。そっと脇をうかがうと、モモナは目を閉じたまま素知らぬふりで〝瞑想〟に耽っている。その仕種がかえって恐ろしいのだろう。金壺眼を固くつぶり、静かな嵐にじっと耐えた。

「甘いむかし語りか。じゃなあ、はっは……けど、あったか、なかったか知らねども、むかしのことなれば、なかったことも、あったとして聞かねばならん、と言うじゃろう」

シムラがふざけた。「ふること語り」は虚実の境に遊ぶもの、まして、やむごとなき欽明天皇に、敬愛する先祖が愛でられたという貴い伝えであれば、少々甘い作りであろうとも、と目を細める。

「そら、村の姥《うば》らの語り継ぐむかし語りのこっちゃ。ここのふること語りとは、種《くさ》が違《たが》う」

シムラの戯《ざ》れ言に救われたカマタリが明るく絡んで、笑いに紛れると、

「たしかに、童むけのむかし語りのようじゃな、ふっふ……が、これは、いにしえの三韓《みつのからくに》の伝えに由来する故事《ふること》のようでな。なかなかめづらしい、また、由の深い伝えらしいのじゃ」

シムラが、したり顔に笑みを浮かべ、

「いにしえの馬韓、辰韓、弁韓の三韓には、国の始祖《はじめのおや》が殻を破って生れるという伝えがあった。その地に、北から王家が入って馬韓の地に百済、辰韓の地に新羅を建てた扶余《ふよ》には、天孫《あめのうまご》が天から降って国を建てるという伝えがあった。そのふたつの伝えが落ち合うた韓の地で、天から降った始祖が殻を破って生れるという物語りが生《な》ったそうじゃ。

川を流れ下って壺から生まれ、殿上に召されたという河勝の伝えは、作りからして、その韓の伝えを引くものらしい。大倭でも、皇御孫《すめみま》が高天原からこの世に降られたと伝わるが、殻から生まれてはおられん。ふたつを合わせた伝えは、韓のみのものらしい」

と、秦氏の故地の〔天孫降臨・卵生神話〕を持ちだして、河勝の〝出生譚〟のめでたさを得々と説いた。敬愛する祖がやむごとない天皇に愛でられた。しかも、その端緒になった佳話《かわ》が秦氏ゆかりの韓の伝え、それも、国々の始祖の生誕神話の筋を引くものという奇貨に、大きな目を細める。

「さすがに、来帰人《まうけびと》の秦さんのご先祖らしい大きな伝えやなあ。新羅や百済の始祖らの事々しい伝えを随に借りてきたような作り……あっ、いや、そのう」

「はっはっは……たしかに、秦の伝えには、思い入れたようなところや、少々甘いところが間々ある。祖らは、唐土でも韓でもすこぶる労き《いたつ》、侘しい思いを重ねた。その返様《かへさま》じゃろな。せめて、伝えはと、夢の夢のように作る習い（癖）があるようじゃ……あっ、これは作り言でのうて、秦氏に伝わる由ある故事《こること》じゃがな、ふっふ」

「まあ、彼方此方《をちこち》で、さんざ煩うてきた秦さんのご先祖のこっちゃ。伝えぐらい、韓の始祖の作りを擬《なず》ろうても、罪はないやろ、くっく……けど、さすがに河勝さんの伝えやなあ。やむごとなき欽明天皇の御夢にふいとあがって、われは秦の始皇の生まれ変わりなり、てなことを申したてなあ。その作りがじつに大きい。ん？……そやっ、秦の始皇ゆうたら、弓月君のご先祖の、そのまたご先祖の、唐土《もろこし》をはじめて統《す》べたゆう皇帝《みかど》やろう？」

「覚えておったか、はっはっは」

カマタリの丸めた金壺眼を見て、シムラが嬉しげに大口を開けて笑った。嬰児の河勝が遠祖の始皇帝の生まれ変わりを名乗ったという。これも、この伝えのもうひとつの〝宝〟なのである。

「忘れるかいな、あんな虚言《そらごと》のような語り種、あっ、虚言やてゆうてんのと違《たが》うで。の、よ、う、な、やで……けど、あんまり作り過ぎや。嬰児が息なし天皇の御夢にあがって、唐土の皇帝の生まれ変わりを名乗った、て……さながら、大昔の唐土の皇帝が、河勝さんに身を変えて、大倭の天皇《すめらみこと》に会いに参来《まうけ》たゆうような、それこそ、夢の夢のそのまた夢のような伝えや。それに、番（順）が怪しい。なんぼ、なんでも、七代目の河勝さんが、祖《おや》の弓月君をおいて、われは遠祖《とほつおや》の生まれ変わりなり、なんたらことをゆうたんは、そら、裏表《うらうへ》（あべこべ）の言い做《な》しもええとこや。ん？……こないなことは裏表やないやろか？」

「ぺちゃぺちゃなめ回すような難波《なには》言葉で、よく舌を噛まないな」

すっと目蓋をあげたモモナが、おしゃべり猿でも見るような目でカマタリを眺めると、

「噛むほど長《なが》ないわ、くっく」

恐ろしくも、麗しい巫女に声をかけられたカマタリが思わずとろけた。が、

「二枚あろ」

と、ばっさり仕留められた。声に険がある。「三十の女」呼ばわりへの仕返しか。戯れ言に構うモモナでなかろうが、「カマタリごときに」は、許せないのだろう。

「適《かな》んな、モモナは……」


……この伝えは、秦河勝を散楽（のちに猿楽、さらに能）の元祖と仰いだ鎌倉初期の能聖・世阿弥が、〔秦元清〕の実名で著わした芸能論の『風姿花伝』に引かれるものである……。


「たしかに、夢の夢の、そのまた夢の、というような物語じゃな、ふっふ……が、この伝えは、韓の伝えを引くばかりでのうて、筋の合うところが二つあってな」

シムラが、取って置きの御前置きはここまで、という風に笑いながら、

「先に言うたように、秦氏には、弓月君のあと、河勝のまえにも大きな働きを成した長がふたりおった。いずれも、ときの天皇に愛でられ、もったいない御恩を賜ってのもので、その様子が『紀』にもうかがえる。そのふたりの『紀』の伝えと、この秦氏の河勝の伝えが直《ひた》と落ち合うのじゃ」

と、敬愛する次の先祖を語りだした。

「ふたつの伝えが落ち合う、ゆうあれやな……はじめて聞く言い種《ぐさ》や、くっく」

「われも、初めて言うた、あっはっは……まず、その一人目の祖《おや》じゃが、河勝の四代前に、弓月君の孫《うまご》にあたる秦酒公《はだのさけのきみ》という長がおった。その酒公が、ときの雄略天皇に愛でられ、秦氏で初めて秦造《はだのみやつこ》の姓《かばね》を賜って御許《おもと》に仕えたという。

造というのは、御奴《みやつこ》が横訛ったもののようで、さして高い位ではなかったようじゃが、職《そく》をもって御門に仕えた品らしい。弓月君が応神天皇の御代に加羅から召していただいた人夫《たみ》の技や才を継ぐ秦の民の値《あたひ》が代《よ》とともに上がり、三代目の酒公が、その民部《かきべ》を率いる秦人《はだびと》を統《す》べて、御門に仕えることになったのじゃな」

「韓から渡ってきて、わずか三代で、職をもって御門に仕えることになったのか。さすが秦さんのご先祖やなあ……てゆうか、加羅から助けだしてもろうた人夫は、さすがに良《え》え手や才を持ってたんやろなあ」

「秦氏は、三蔵《みつのくら》にも仕え、出納《あげおろし》を司ったと伝わる……御代に朝貢《みつき》がとみに増え、その財《たから》を蓄えるべく、斎蔵《いみくら》と内蔵に加えて大蔵が建てられ、三蔵が調えられた。その三蔵に、大倭と河内の文《ふみ》氏や東漢《やまとのあや》氏など、ほかの来帰人《まうけびと》らとともに用いられたのじゃ。応神天皇の御代に数多渡ってきた来帰人らが、雄略天皇の御代になって、大いに取り立てていただくようになった、ということじゃな。

雄略天皇は、初瀬川の上にあった泊瀬朝倉宮《はつせあさくらのみや》で天下を治められたお方じゃ。酒公は山背《やましろ》（のち山城）の葛野《かどの》にあった母屋《おもや》を家人に任せ、選りすぐりの族《やから》を率いて、朝倉宮と三蔵に勤めたのじゃろ。

朝倉宮は、いまではその名残も見当たらんが、われが歩いて回った心の跡（印象）や、聞き及んだ村人の伝えからすると、あの初瀬道（伊勢街道）沿いの黒崎と、初瀬川の南の岩坂のあいだ辺りにあったように思える。黒崎には、かつて秦人が祀ったと見ゆる白山神社がいまも祀られるしな。

じゃから、のちの欽明天皇の御代に、あの黒崎のあたりに酒公の末葉である河勝の里があって、そこから、嬰児の河勝が壺に入《い》って初瀬川を流れてきたとしても妙《みょう》でないのじゃ。どうじゃ、夢の夢のそのまた夢のという、あの秦氏の河勝の伝えは、この『紀』の酒公の伝えと、確《しっか》と落ち合うじゃろう、ふっふ」

これぞ、偶然発見した〝奇《く》しき符合〟と、シムラが口元をほころばせると、

「……黒崎とか岩坂とかゆうのは、初瀬川沿いの谷辺《たにべ》に籠る、のどかな里村やろう。あんな辺地《へんち》に、御門や三蔵があったのやろか？」

世間の広いカマタリが訝しげに質《ただ》した。にわかには信じがたい奇聞に違いない。

「……泊瀬（初瀬）道や初瀬川の初瀬は、狭間《はざま》（谷間）が横訛《よこなま》ったものじゃろな。長谷寺の長谷に通うから、長い谷辺《たにべ》のこともいうのじゃろ。いずれ、泊瀬朝倉宮というのは、長い泊瀬谷にある宮という風な名づけやったのじゃろな……たしかに、あのあたりは京《みやこ》とは言いがたい地柄のところじゃな。雄略天皇が、みずから《隠《こも》り処《く》の泊瀬の山は真木立つ、荒山道《あらやまみち》》と詠われた、奥まった地じゃからなあ」

「京《みやこ》ゆうより、辺地の田舎や」

……大蔵を立てて、蘇我麻智宿禰《そがのまち》に三蔵を検校《しら》しめ、秦氏をして出納《あげおろし》せしめ、東《やまと》と西《かわち》の文《ふみ》氏をして簿《しるしぶみ》を録《しる》さしむ。漢《あや》氏に姓を賜いて内蔵《うちのくら》、大蔵となす……。

（平安初期に成立の）斎部氏撰『古語拾遺』〔雄略記〕

「もっとも、雄略天皇は辺地《へんち》の帝《みかど》と思えんほど猛きお方じゃったらしい。大泊瀬《おおはつせ》幼武《わかたけ》とも、獲加多支鹵大王《わかたけるのおほきみ》とも申したお方じゃ。さぞ、勇ましい大君やったのじゃろな」

「荒くましいゆうて、恐れられたお方なんやろう？」

カマタリがわざとらしく声をひそめた。童むけのむかし語りのような河勝の逸話や、古都の位置の比定はともあれ、谷あいの宮で権勢を振るった荒々しい雄略天皇と、その天皇から秦氏ではじめて造の姓を賜って御許に仕えた秦氏のご先祖という、どこか奇怪な縁《ゆかり》を想像させるふたりの間柄こそ聞いてみたい、と誘う声である。

「すこぶる荒いお方じゃったらしい。事あるごとに人を殺されたようじゃ。その荒々しい振る舞いが、『紀』に多《さは》に伝わる」

待っていたようにシムラが答えた。酒公の〝大きな働き〟の真価を解き明かすには、まず、雄略天皇の〝破天荒〟な人となりを明らかにせねばならない、と心積りをしていたところなのである。

「……そのはじめは、雄略天皇が大泊瀬皇子《おほはつせのみこ》と申したころ、兄《え》の安康天皇を弑《しい》せまつった眉輪王《まよわのおほきみ》を殺した一節《ひとふし》（一件）じゃった。眉輪王が、父の大草香皇子を殺した仇《あた》として安康天皇を殺し、大泊瀬皇子が、兄の仇として眉輪王を殺したのじゃ」

「朝家の御子同士《どち》で、仇討ちを仇討ち、か……さぞ、深い由があったんやろな？」

いきなりの惨劇にカマタリが声をひそめ、エツメとキキがぞっと首をすくめた。

「深うて、やや込み入った由がな……まず、安康天皇が、弟の大泊瀬皇子に叔父の大草香皇子の妹《いろも》を娶らせようと、使いをやって請われた。喜んだ大草香皇子が、好《よ》しみの印に家の宝を奉りたいと使いに珠縵《たまかずら》（玉を緒に通した頭の装具）を預けた。その使いが、預かった珠縵に目を眩ませ、《皇子は君の命《みこと》を承らず》と、天皇を欺いて宝を掠めた。その僻言《ひがこと》を真《ま》に受けた天皇が大きに怒って、兵《いくさ》を遣って大草香皇子を殺させた」

「なんちゅう礼《ゐや》ない使いや。けど、その天皇も……」

「罪なく殺された大草香皇子を臣《しん》らが悼み、みずから殉《したご》うて果てる者さえ出《い》でる騒ぎになった。それを聞こした安康天皇が御心を痛められ、大草香皇子の御妻《みめ》の中帯姫《なかしひめ》を召して皇后に立て、御子の眉輪王も引き取られた」

（殺した叔父の妻《め》を娶った？……百姓《ひやくせい》が、そんなことをしたら……）

世間の白い眼を知り尽くす小商人には、信じがたい〝妄挙〟に違いない。

「それが、禍のもとになった」

（そら、なるやろ……）

「あるとき、天皇が楼《たかどの》で宴を催して酒《おほみき》を召し、酔って皇后とかの一節を語って、《朕《われ》は眉輪王を恐る》と、御胸のうちを明かされた。たまさか床の下で遊んでおった眉輪王が、その語らいを漏り聞いて、父の災いの実《じち》を知り、皇后の膝で寝《い》ねる天皇を刺し殺した」

「童が、母《いろは》の膝で寝ねる縁《ゆかり》（義理）の父を刺し殺した、のか……」

想像するだに怖ろしい斬殺劇に、カマタリが息を呑み、エツメとキキが口を震わせた。

「天皇が眉輪王に殺せられたことを告げられた大泊瀬皇子は、兄《いろね》らがやった僻事《ひがこと》と疑い、ただちに甲《かぶと》を被って刀を佩《は》き、兵《いくさ》を率いて兄の八釣白彦皇子の宮に押し入った」

(眉輪王に殺されたと告げられたから、兄らがやったと疑《うたご》うた？……)

カマタリが小首をかしげ、話のずれだしたシムラをいぶかった。

「大泊瀬皇子は、八釣白彦皇子を問い詰め、怖れて黙《もだ》す皇子をたちどころに斬り捨てた。次に、もうひとりの兄の坂合黒彦皇子の宮に走って黒彦皇子を責め立てた」

(……皇子は、心(頭)の怪しい人、か？)

「恐れをなした黒彦皇子が、眉輪王と語ろうて、円大臣《つぶらのおおおみ》の宅《やか》に逃げこんだ。円大臣というのは、あの襲津彦の曾孫《ひひこ》にあたる葛城氏の棟梁で、ときの代《よ》で、もっとも重い豪族やったじゃろ。黒彦皇子と眉輪王が助けを求める先は、円大臣をおいてなかったのじゃろな。

それを追った大泊瀬皇子が、使いをやってふたりを差しだすよう仰せつけた。が、円大臣はさすがに益荒男《ますらお》じゃったようで、《いまだ、君が臣《しん》の家に隠れられた例《ためし》はありません。臣《やつかれ》を頼ってこられた皇子らをお渡しできましょうか》と庇《たば》い、《娘の韓媛《からひめ》と宅七区《いへななところ》を奉って、この罪を購《あがな》いとう存じます》と許しを請うた。が、皇子は許さず、宅を囲んで火をつけ、三人《みたり》もろとも焼き殺した」

「たぼうた人まで焼き殺したのか……荒いてなもんやないな。情けもなんもない」

「謀反人も、それを庇い立てする者も許さぬという仕打ちじゃろな」

「……謀反人ゆうても、わざと思い紛うたふりをして、言い立てたのやろう？」

カマタリが口を尖らせた。どうやら、皇子の魂胆を見透かしたらしい。

「これを潮に、兄の仇を討って次の日嗣ぎとしての己が所(地歩)を固め、ついでに大倭一の葛城氏の勢いを削いで、来るべき我が代に備えるという謀《はかりこと》やったのじゃろな」

「それも、父殺しの罪を兄らに塗りつけて殺すゆう、乱《みだ》りな強《い》言やろう。ことの曲げ様といい、託《かこつ》けようといい、為様《しざま》が汚なすぎる」

「大泊瀬皇子は、そのあとも、高御座を求《ま》ぐと思しき従兄弟らを次々《すぎすぎ》滅ぼした。まず、穴穂天皇が跡を託そうとされた市辺押磐皇子を狩りに誘い、《猪あり》と偽りを叫びつつ射殺《いころ》した。また、兵《いくさ》を遣って御馬皇子を待ち伏せ、斬り殺させた」

「荒いゆうより、汚い謀《たばか》りや……猪ありって叫んで射殺したゆうのは、謀りゆうより、痴《し》れ者《もん》の曲者《くせもん》がやるような、小汚い、見え透いた欺きや」

とうとう、カマタリが口汚くののしった。ことは、浅ましい下心、おぞましい陰謀、粗雑な謀殺と当たりがつけば、たとえ朝家の皇子の仕業であろうと〝義憤〟が煮えたぎる。

「謀りの人であり、そもそもが荒々しい人やったのじゃろな。誤って人を殺すことも繁々あって、人々が《はなはだ悪《あ》しくまします》とそしったとある……こんな伝えもある」

カマタリの憤慨に煽られて、シムラの口が止まらなくなった。

「あるとき、大泊瀬皇子が元の反正天皇の皇女《ひめみこ》たちを娶りたいと請うたところ、その皇女たちが恐れ、《皇子は、日ごろから荒く、恐ろしいお方です。皇子が怒りたまえば、朝《あした》に見《まみえ》た人が夕べに殺され、夕べに見た人も朝に殺されています。妾《やつこ》らは顔が秀れず、人となりが拙く、皇子の御心に叶う者ではありません》と辞《いな》んだという」

「そらあ、痴《をこ》な醜女《しこめ》がそんな皇子の妃《みめ》に入《い》ったら、いずれ泣かされ、すえに殺される。逃げるこっちゃ。係わったら明かん。なんの益《やう》もない。災いばっかりや」

「酒公ゆうご先祖は、なんで、その朝な夕なに人を殺すような天皇に愛でられたんやろ？」

カマタリが渋い口で〝本題〟に水をむけた。暴虐な雄略天皇を毛嫌いしたばかりか、その天皇に近侍したという酒公の正体も怪しみだしたらしい。が、聞かずには腹の虫が収まらない、と声がいら立つ。

「酒公の才と、秦氏の才伎《てひと》に目を立てられたのじゃろ」

得たりと、シムラが返した。カマタリの「荒くましい天皇やろう？」に誘われて、惨い醜聞を並べはしたが、実は、雄略天皇の〝破天荒〟の裏にある真の人となりを聞かせたいのである。

「雄略天皇は、《自らを賢《さか》し》として、何事もひとりで定めるお方やったようじゃ。が、《史《ふびと》は愛寵《めぐ》まれた》とある。史というのは、書や算など様々《やうやう》な才に長けた官《つかさ》で、殆《ほと》どが韓人《からびと》じゃったらしい。

　天皇はまた、手末《たなすゑ》（手先）の才伎《てひと》も愛でられた。たとえば、百済が奉った才伎を陶部《すゑつくり》や鞍部《くらつくり》、画部《ゑかき》、錦部《にしごり》、訳語《おさ》などの民を品部《ともべ》につけて一つの邑に侍らしたとき、病を被って身罷る者が多《さは》に出たので、それを、ただちに分かって、上桃原と下桃原、真神原に遷したとある。

　品部というのは、種々《くさぐさ》の職《そく》をもって御門に仕えた部（職能集団）で、唐土や韓などに習うて設けた品《しな》の高い部じゃった。古くから御門に仕える〔伴〕の読みを〔品〕に当てたのじゃろな。その品部を失うまいと、ただちに計らわれたのじゃ。いかに才伎を愛でられたか、御心の内が知れるじゃろう」

「大倭の百姓《ひやくせい》をおいて、来帰人ばっかり愛でた、か……雲の上の自儘な、依怙やな」

「韓や唐土からの渡り物（舶来）の優れた才や技を愛でられたのじゃ。秦や漢、また文などの氏々を三蔵に用いられたのも、その証《しる》しじゃろ。ときの来帰人らには、雄略天皇は、まさに貴いお方やったじゃろな」

〝大倭の百姓の僻み〟を吐いたカマタリに、シムラが含めるように説き、

「それに、愛でたというても、ただの事好みでのうてな。そこには、深い思わくがあったようじゃ。天皇は《逞しきこと、人に過ぎたまう》と称えられたお方で、御門の政《まつりごと》の形を改めるべく、力と勢いを集める策《はかりこと》を様々《やうやう》に講じられた」

いそいそと、雄略天皇の〝御志〟に取りかかった。天皇に近侍した酒公は、そういう御心柄を頼んでおった、と読んでいるのである。

「雄略天皇は、まず、大伴連室屋《おおとものむらじむろや》と物部連目《もののべのむらじめ》というふたりの豪族を大連《おほむらじ》につけられた。かつて垂仁天皇と履中天皇の御代にも、物部氏の長が大連を名乗ったが、天皇がみずから大連を拝されたのは、雄略天皇がそのはじめらしい。それも、たちどころにふたりを立てられたのじゃ。御門を衛《まも》り、謀反を防ぐ兵《いくさ》とともに、種々《くさぐさ》の職《そく》をただちに調える、という天皇の大きな御志をありありと物語るじゃろう。

天皇はまた、みずから殺した円大臣の代わりに、平群真鳥《へぐりのまとり》を大臣《おほおみ》につけられた。

大臣のはじめは、八代前の成務天皇が就けられた竹内宿禰じゃが、宿禰は三百歳の寿をまっとうしたと伝わる幻のような人じゃ。次の、円大臣にしても、もとは、円がみずから大使主《おほおみ》を名乗ったもの

らしい。天皇がみずから拝された大臣は、平群真鳥がそのはじめじゃろな。御門と並び立つ豪族を滅ぼしたうえで、ほかの豪族を引き寄せて、御門の勢いを伸ばす、という計りがつぶさにうかがえるじゃろ。

天皇は、三蔵《みつのくら》も調えて、御門の宝（財）を伸ばされた……国を富ませ、兵を強うするという、未曽有の策の元祖《もとつおや》のようなお方やったのじゃろな。

史を集め、品部を伸ばしたのも、その優れた才と技をもって御門の勢いを伸ばすという策やったのじゃろ。その一人に酒公も見込まれた。酒公の才もさることながら、秦氏に種々《くさぐさ》の才伎が具《そな》わる。酒公を秦造につけて、御許に置けば、その勝れた才や技がことごとく手に入《い》る、という計りやったのじゃろ」

「荒いうえに、聡いお方、か……そんな天皇の御許に仕えたんなら、酒公ゆうご先祖は、見た目は幸いなようで、日並み、魂《たま》消《ぎ》るような思いをしてたんやろな？」

カマタリがいっそう渋い声で先をせっつくと、

「いや、酒公も、祖父《おほぢ》の弓月君に負けず劣らず、したたかな男じゃったらしい、ふっふ」

また待っていたように、シムラが返した。いよいよ、〃大きな働き〃を成し遂げた酒公の〃真骨頂〃と声が弾む。

「たとえば、十二年の冬十月《かんなづき》のこと、天皇が、ある木巧《こだくみ》に仰せつけて、朝倉宮に楼閣《たかどの》を建てさせられたのじゃが、その木巧を刑《ころ》そうとされる一落があった」

（まだ、人殺し、か……）

誘ったカマタリがうんざりと背を反らし、エツメとキキが憂鬱な面を伏せた。

「仰せに喜び勇んだ木巧が、楼閣の上で四方《よも》に飛ぶように働いておったところ、それを見あげた采女《うねめ》が庭に倒れこんだ。空を舞うがごとき木巧を化生に見紛うて心《み》が失《ま》せた（失神した）のじゃろな。その倒れた采女をご覧じた天皇が、木巧が犯したものと思い紛い、《ただちに刑せ》と木巧を物部に給ったのじゃ。物部は、世を鎮める兵《いくさ》を率いた物部《もののふ》じゃが、咎《とが》の者を捕らえて誅する職も司ったらしい。あれに捕らわれたら終わり、と恐れられた一族《ひとぞう》という」

「そら、非道《ひど》い。采女は、木巧を化生に見紛うて、転《こ》けたんやろう。それを犯されたと思い紛うて、直《じき》に刑せ、て……放埒、ゆうより、無体の極みや」

「采女というのは、天皇の御許で御食《みを》しなどに仕えた女官でな」

カマタリに先を越されたシムラが、つづきを急いだ。

「氏々から麗しい女《め》の子が召されたもので、なかに天皇の寵を賜った采女も少なからずおったという。が、美し女《くは》の災いというか、性《さが》というか、犯された者や、ほかの男と契《ちぎ》った者が多《さは》におったらしい。人に厳しい雄略天皇がそれを許されるべくもない。犯した者や、通うた男らをことごとく殺させたそうじゃ……そういえば、百済の王《こきし》が奉った姫を召そうとされたときは、その姫がある男と通うておったことを知り、そのふたりを捕えて、手と足を木に張りつけ、桟敷《さじき》の上に置いて、ともに焼き殺した……」

急いだあまり、手筋を誤ったシムラが火に油を注ぐような逸話を付け足してしまい、それに気づいたときはすでに遅く、カマタリが剥いた金壺眼をそっぽに向け、モモナが目蓋のなかの目をつりあげ、エツメが眉間を寄せて震え、キキがおろおろ合掌していた。

「……さて、かの木巧じゃが、ことの実《じち》を知る酒公が哀れに思うてな。天皇にまことを悟っていただこうと、琴を弾いて歌《うと》うたそうじゃ。《大君にしかと仕えまつりたい。わが命、長くあれかしと申した木巧よ。あたら、けなげな匠を殺すのは、いかにも惜しい》とな。聞こした天皇は、たちまち己が思い紛いに心づき、木巧を赦された、とある」

シムラが、あわただしく接いで、心づもりの落し所にたどり着くと、

「よう、歌うた。よう、荒い天皇をなだめた。たしかに、酒君も好《え》え肝魂《きもつたま》してる。さすが言葉巧みに、あの御門を動かした弓月君の御孫《みま》や」

待ちわびた快談に、憤慨を棚に上げたカマタリが歓声をあげ、ついでのように、

「シムラのように語りの手立てを扱い損ねて《汝《いまし》、なに唄うとるんじゃっ》て怒られたら、この世の限り、あの世の口、やろからな。わが身も顧みんと、よう、なだめた」

と、むやみに聞き手を惑わすシムラの饒舌を当てこすりつつ、

「人が殺されそうなときに、琴を弾いて歌うたんは、雅びに過ぎるけどな、くっく」

したり顔で、酒公もからかった。

「いや、琴をしめやかに弾きながら詠うのは、いにしえからの作法でな。神の御言《みこと》を授かるときや、吉凶を占うときに行う、厳かな儀らしい。かの神功皇后が神に御言《みこと》を請われたときも、竹内宿禰に琴をひかせて神に問われたとある。

酒公は、そういう例《ためし》に則《のつと》って、琴をひいて歌うたのじゃろ。神の御言を告げるがごとく木巧の忠実《まめ》な心ばえを歌えば、天皇はかならず悟って木巧を赦される、と計ってな。秦造として御許に久しう仕えるうちに、天皇の性をたな知って、御心を取る壺を確《しつか》と心得ておったのじゃろ、ふっふ」

揶揄を揶揄とも気づかぬ人の好いシムラが、酒公の気働きをほくほく顔で説くと、

「さきの事成《ことな》りをとくと量ったうえで、天皇をなだめた、ゆうことか……酒公ゆう人は、モモナが昼間の夢に観た弓月君そのまんまのようなお方やったのかなあ」

カマタリが思いだしたように感嘆の声をあげ、いきなり名を出されたモモナが、すっと面をあげて、感心しきりのカマタリを盗み見た。

(吾《あ》が、昼間の夢に、観た?……そう、なのか……)

「弓月君に劣らず、したたかな男じゃろう、ふっふ。臣《しん》で、雄略天皇を諭したのは、物部大連のほかは、酒公のみなのじゃ。いや、もうひとりおった。臣ではないが、それも似たような伝えでな。……ある所に、石を台にして終日《ひねもす》、材《き》を削《き》っても誤って斧で石を叩いたことがないという手足《てだ》れの木工《こだくみ》がおった。それを音に聞こした天皇が、そこに出で座《いま》して、《手を誤ったことがないのか》と問われた。木巧が《いかにもございません》と答えると、天皇が、そこに采女を召し集《つど》えて衣裾《きぬも》を剥ぎ、たふさぎ(褌)をつけて相撲を取らせられた」

カマタリが、周りもはばからず、ぱちっと目蓋をあげた。

「肌も露わな采女たちの相撲を見ながら材を削った木巧は、ついに手を誤り、斧を石に当てて刃を傷つけた。怒った天皇が、《朕《われ》を畏れぬ小賢しい奴が、濫《みだ》りに軽々しい偽りを言いおった。ただちに刑せ》

と、木巧を物部に給ったのじゃ」

「そっ、それこそ、あんまりや。たふさぎひとつの素肌の女の組み合いなんか見せられたら、誰かて胸が騒ぐ。われやったら、穴があくほど見入る、やろ……おそらく」

またもの暴虐に、カマタリがよだれを垂らさんばかりに憤慨すると、

「そのとき、同伴《あひ》の工匠《たくみ》が、木巧を憐れんで歌うた」

また、先を越されたシムラが、続きを急ぎ、

「《墨縄《すみなわ》（墨糸）を巧みにかけた木巧よ。あの木巧がおらねば、誰がかけられたであろう》とな。聞こした天皇は《人を失うところであった》と、使いを刑所《ころすところ》に走らせ、木巧を赦されたそうじゃ。天皇は、実に善き言《げ》や優れた者を尊ばれるお方やったのじゃな」

と、天皇の人となりを説き明かした。ここをとくと説かねば、〝大きな働き〟をなした酒公の〝思い〟を伝えきれない、と力を籠める。

「好え同伴やなあ。その木巧は、肝魂《きもつたま》の太い、優しい友を持ってて、良かったなあ」

苦労人のカタマリが、木巧の友情にうるうるすると、

「こういう伝えもある」

聞き手の反応に飽き足りないシムラが、別口を持ちだした。

「二年の冬十月《かむなづき》、天皇が吉野宮に出で座し、欲しいままに猟《かり》をして、鳥獣《とりしし》が尽きるほど獲物をとられたとき、群臣《まへつきみたち》に《猟場《には》の楽しみは、膳手《かしはで》（料理人）に鮮《なます》を作らせることじゃが、みずから作るのと、いずれが楽しいであろうか》と問われた。御意を解《げ》しかねた群臣が答えられずにいると、天皇は大き

に怒り、御側に立っておった御者を斬り捨てた」

「ただ、側に立ってた御者を、息なし、斬った？」

前置きにかかったとたん、カマタリが怒声を発し、エツメとキキが嫌々と頭《かぶり》を振ると、

「朝倉宮に帰った天皇が、そのことを皇太后に語られた」

シムラが、また、大急ぎでつづきに入った。

「すると、皇太后が《群臣は宍人部《ししひとべ》（料理人の部か）を置こうと思われた天皇の御心を知らぬがゆえに、答えられなかったのでしょう。まだ遅くはありません。宍人部を置きなされ》と諭された。それを聞こした天皇は、《貴き人は、心を相知る》と、悦ばれたとある。実に善き言《げ》を好み、善き言を申す好き人と御心を通わすお方やったのじゃな」

「罪もない御者を息なし斬り殺しといて、善き言、好き人を好む、てか……」

火がついた憤懣家は、中途半端な講釈では収まらない。いっそう怒りをたぎらせると、

「……そういうお方じゃから、神とも親しう語られた」

シムラが、記憶のなかの逸話を総動員しだした。

「神さんと語ろうた？」

「……四年の春二月《きさらぎ》じゃから、御代が定まり、天皇の勢いがいよいよ盛りになったころのことじゃろな。天皇が葛城山で狩りをされたとき、向こうに丈の高い人が見えた。よく見ると、その顔も姿も、天皇にあい似る。《かならず神であろう》と思われた天皇が、《何処《いづこ》の公《きみ》ぞ》と問われた。その人が《現人神《あらひとがみ》なり》と天皇のように宣《の》って、《まず、王《きみ》の御名を名乗れ》と申され、天皇が《朕《われ》は、幼武《わかたけの》

尊《みこと》なり》と直《なほ》に答えられると、その人が《僕《やつかれ》は、一言主神《ひとことぬしのかみ》なり》と返された」

（あの、葛城山の一言主神と語ろうた、のか……）

「聞こすや、天皇は、その神とともに轡《くつわ》を並べて行き、うやうやしう言を慎み、あい譲りながら狩りを楽しまれ、聖《ひじり》とあい見《まみ》えたように親しう過ごされた、とある」

（神さんも、狩りをしはる、のか……）

「一言主神は、悪しき事も、善き事も、ただ一言で言い放つ神じゃろう。言霊《ことだま》（言葉に宿る霊威）を操るような神なのかもな。その御名を聞こすや、天皇はたちまち貴い神と悟り、厚う崇められたのじゃ。まさに善き言、善き人、善きお告げを尊ぶお方じゃろう。

そういうお方じゃから、直《なほ》に善き言を申す酒公を愛でられたのじゃろ。酒公は、天皇のそういう性を弁えておって、怖れもせずに、いや、あえて、諭すように詠うたのじゃろな、ふっふ」

「酒公は、なんで、その雄略天皇に長々と仕えたのやろ？」

なお、要を得ないカマタリが、笑顔のシムラをせっつくと、

「……己が願いを叶える潮合いを直路《ひたみち》（一途）に待っておったのじゃろ」

シムラが、いよいよ〝本題〟である酒公の〝大きな働き〟に取りかかった。

「あの木巧を助けて二年あまりのちの十五年、ついに酒公がその願いを叶えるべく大きな事業《ことわざ》に挑んだ……豪族に奪われておった秦の民を取り返しにかかったのじゃ」

「豪族から、民を取り返す？」

豪族嫌いのカマタリがさっと目を輝かせ、（まさか……）と、怪訝な声を出した。

「……そもそも、秦の民は秦造たる酒公が率いるべきものじゃった。が、そのころ、秦の民は殆《ほと》どが葛城氏らの豪族に取り込まれておって、酒公のもとには十人《とたり》に一人も残ってなかったそうじゃ。酒公は秦造に拝されたものの、氏のうちは寒いかぎりやったじゃろな」

「そら、哀れな古言そのまんま、ゆうような語り種やなあ……祖《おや》の弓月君らが襲津彦に預けられて葛城に住処をもろうた。一族郎党して唐土を逃れ、六百年も韓で流浪を重ねたすえに、なんとか辿りついた大倭で、御門に好《え》え言託けに使われ、ようよう新羅から人夫《たみ》を取り返してもらい、ともに葛城に預けられて安堵の地を賜った。それが、いつの間にやら、預けられた葛城らに民を取り込まれてたのか……傷ましい、てなもんやないなあ」

「それを憂えた酒公が雄略天皇に願いでたのじゃ。《民を元どおりに賜わりたい》とな」

「そんな難儀を、放埒な荒い天皇に願いでた？……あっ、なんか、聞いたことがある思たら、いま、ゆうた弓月君の願いごとや。加羅から人夫を召してほしいて頼んだあの願い、あれと同《おんな》じような、滅相な願いごとや……酒公ゆう人は、まさに、祖父《おほぢ》の弓月君さながらゆうか、好え肝魂《きもつたま》してはったんやなあ」

カマタリが驚きとも、褒め殺しともつかぬ声をあげると、

「じゃろう、ふっふ……これには、ふた通りの伝えがあってな」

シムラが、思わずしらず胡坐を組み直しながら、笑顔をつきだした。

「まず、『紀』の伝えじゃが、それには、雄略天皇がみずから秦の民を臣や連の豪族に分かち、各々

の願うままに使わせられた。それを深う憂いた酒公が、辛くも耐えつつ、御許に仕えておった。それをご覧じた天皇が哀れに思い、民を集めて、元通り酒公に賜ったと、ある。

が、秦氏の伝えは違うてな。浦東君《ほとうのきみ》という酒公の父《かぞ》の代に、民を葛城氏らに奪われたというのじゃ。豪族らが、秦の才伎《てひと》を取り込み、便よう使うておったのじゃろな。

それを思わす伝えもあって、あるとき、浦東君が、ときの仁徳天皇に糸、綿、絹帛《きぬ》を奉ったところ、それが、すこぶる柔らく温かうて、天皇から《肌膚《はだ》のごとし》と褒められ、波多《はだ》の姓《せい》を賜ったという。その波多がのちに秦《はだ》になった……というのはともかく、弓月君が応神天皇に新羅から取り返していただいた人夫の技を継ぐ秦の才伎の値がいよいよ高こうなり、その手を豪族らも欲しておって、取り込みだしたのじゃろな。

というようなことからして、ここは、この秦の伝えが実《じち》じゃろな。そもそも、雄略天皇は、皇子のころから葛城氏などの豪族を責め立てられたお方じゃ。酒公を秦造に拝されたお方でもある。その天皇が、みずから秦の民を分かち、それを豪族らに賜ったとは、とても思えん。

それが証《しる》しに、酒公が天皇に願いでると、天皇はたちまち聞き届けられ、少子部連蜾蠃《ちひさこべのむらじすがる》という臣に、大隈と阿多の隼人を率いて秦の民を取り返せと仰せつけられた。蜾蠃は、ただちに葛城に走り、豪族らから九十あまりの部《べ》、一万八千人あまりもの民を取りあげ、天皇が、それを、そのまま酒公に賜った、とある」

「弓月君のときと同じに？……それも、ただちに？……」

「そうなのじゃ。祖《おんな》の弓月君につづき、三代目の酒公も、御門に滅相な願いを叶えていただいたのじゃ。そのふたつの貴い御恩が、いまある秦氏の礎を成したのじゃ。秦氏の宝として伝え継がれる貴いお恵みなのじゃ」

……雄略天皇が少子部連を派遣して豪族から民を取り上げさせ、それを酒公に賜ったという逸話は、『新撰姓氏録』〔山城国・諸蕃・秦忌寸条〕に記されるもので、おそらく秦氏の自家伝であろう……。

「そら、めでたい、けど……少子部って、小《ちひ》さい子の部か？　幼児《おさなご》の寄せ集めちゅうような部かな。蜾蠃は、美し女《くは》の細い腰に喩えられる地蜂のことやろう？　そんな、頼りなげな名アの従者《ずさ》をやって、豪族らから民を取りあげさせた、てか？」

浮きたつシムラを、カマタリがわざとらしく鼻で笑った。そもそも、上々のお恵みなどを素直に信じる骨柄でない。〝御恩〟などに縁なく育ったせいか、あるいは惨めな境遇のなかで、妬みにまみれた意固地に育ったせいか、さながら僻み根性の塊である。その拗《ねじ》けが、またもの逆運に見舞われた秦氏のこととはいえ、弓月君の一度ならず、酒公の二度までも破格の厚遇を賜ったなどと笑顔で語られては、素直に頷けるはずもないのだろう。

ましてて、「秦氏の伝え」とあれば、鵜呑みにできようはずもない、と思いつくままの嫌みを言って、〝作り話〟に取りあえず難癖をつけてみたらしい。

「可愛《かはゆ》げな名じゃろう、ふっふ」

待っていたようにシムラが返した。いよいよ、秦氏の史に残る快挙をなし遂げた酒公の〝大きな働き〟の〝真相〟なのである。

「蜾蠃というのは、舎人《とねり》でのうて、連の姓を賜った氏の長《をさ》じゃった。それも、雄略天皇からすこぶる愛でられた者じゃった。たとえば、六年の春三月《やよひ》に、雄略天皇が、后妃《きさき》の蚕飼《こが》いの〝蚕《こ》〟を集めるよう申しつけられたのじゃが、蜾蠃がその仰せを取り違《たが》えて、嬰〝児〟を集めてきた。が、心短な天皇が、それを怒りもせず、《汝《いまし》がその児らを養え》と笑うて許されたそうじゃ。そのとき賜ったのが、少子部連の姓という。蜾蠃は、それほど愛でられた者じゃった……天皇は、それほどの寵臣を遣《つか》わされたのじゃ。ありがたいお計いじゃろう、ふっふ」

「そらまあ、愛でられてたんやろな。けど、聞けば聞くほど、頼りなげな者《もん》をやって、豪族らから民を取り返させた、てなあ、へっへっへ」

カマタリが、もうひとつ、ややまっとうな嫌みを言って、得意げに皆を見回すと、

「頼りないどころか、蜾蠃は雄略天皇からその力を見取られた兵《つはもの》じゃった。たとえば、七年の秋七月《ふみづき》のこと、天皇から《御諸岳の大物主神《おおものぬしのかみ》の形を見たい。汝《いまし》、力が人に勝る。みずから行きて、捉えてこよ》と、仰せつけられたことがある」

カマタリの減らず口に蓋をかぶせるように、シムラが極めつけの奇談を持ちだした。

「そっ、そんな無体を宣《の》たもうた？」

カマタリが息を呑み、エツメとキキが首をすくめ、モモナが耳をそばだてた。

「非道《ひだう》な仰せじゃろう……そのむかし、崇神天皇の御代のこと、国の内に疫病が流行り、民の半ばが

身罷った。世が荒れ、百姓が道にさまよい、御門に背く者まで出《い》ではじめた。御門が天つ神国つ神に祈ったが、災いはいっこうに収まらん。

そのとき、大物主神が三代前の孝霊天皇の皇女倭《やまと》迹《と》迹《と》日《び》百《もも》襲《そ》姫命《ひめのみこと》に懸かって申された。《災いは、我《われ》が心によるものである。我が児の大田田根子をもって、吾を祭りたまわば、世は立ちどころに平ぐであろう》とな。御門がその御言に従うて、大物主神を祭ると、たちまち世が鎮まった、とある。

大物主神の物は、物の怪《け》の物、魂《たま》（精霊）のことじゃろな。はじめは荒《あら》御《み》魂《たま》になって現われて世に祟りをなしたが、祭られると、穏やかな和《にき》御《み》魂《たま》、あるいは幸《さき》御魂になって世を鎮められたのじゃからな。大物主神はまた、あの出雲の大国主神の和御魂とも伝わる。《倭《やまと》成す神》と『紀』に記されるあの大きな神の成り代わりの神なのじゃろな。

その、御門が三輪山に斎《いつ》き祭る、厳めしい神を捉えてこいというのじゃ。畏れ知らずどころか、まさに、無体な仰せじゃろう。が、蜾蠃は《試みに捉えてきましょう》と、ひとり御諸岳にのぼり、御山の神である大蛇《おほをろち》を捉えてきたという」

「御山の神を捉えてきた？《力が人に勝る》どこやない。祟りを知らん痴《をこ》や……雄略天皇は、なんで、そんな非道をやらせたんやろ？」

「いにしえから伝わる大物主神の御姿を改められようとされたのじゃろな」

カマタリの驚きや、怖れや、誇りやらの声に釣られて、シムラが好みの寄り道に没頭しだした。

「神さんの御姿を改める？」

「大物主神には、妙な伝えがあって……崇神天皇の十年に、かの倭迹迹日百襲姫が、大物主神の御妻《みめ》となられた。百襲姫は《優れて聡く、先々のことをよく識《し》りたまい、神の御言《みこと》を告げる》お方と伝わる姫御子《ひめみこ》じゃ」

「……神口を寄せる巫女か……口寄せ巫女が、御霊の主の神さんに婚《よば》いされたんやな」

つぶやくカマタリのかたわらで、モモナが目蓋のなかので、うつろな眼を漂わせた。

「が、夫《せな》の神は夜にのみ出《い》でましたので、御顔が見えん。思いあまった姫が《明くる朝《あした》に御姿を拝したい》と請うと、神が《汝《いまし》の櫛笥《くしげ》のなかに居《を》ろう。吾《わ》が形《なり》を見て驚くなかれ》と宣《の》って去《い》なれた。あくる朝、姫が櫛笥を開けると、なかに、麗しい小蛇《こをろち》がおった。大物主神は、小蛇の御姿やったのじゃ」

「そうゆうたら、あの御諸《みもろ》の御山には、蛇の御室《みむろ》がここかしこにある、て聞くなあ。口寄せ巫女が、あの御山の小蛇と契《ちぎ》ったのか……」

惚けるカマタリのかたわらで、モモナが閉じたままの目を三角にし、ぷっと膨れた。

「小蛇の姿に驚いた姫は、《驚くなかれ》という神の仰せに背いて、思わず、あっと声をあげた。聞こした神は、たちまち人の形になり、《汝はこらえず、吾《われ》に恥を見せた。吾は岳《をか》に帰り、汝に恥を見せよう》と怒って去《い》なれた……御言に背いて神のお怒りを被《かうぶ》った姫は、それを悔いて、どすんと尻をつき、箸に陰《ほと》(女陰)を突き……」

「巫女が、箸に、陰、突いた?……神さんに、恥、見せられたんや」

淫らにうめくカマタリをモモナが横目で張り倒し、エツメがぞっとした顔を伏せて聞こえぬふりをし、キキがそうっと裾をすぼめ、ヒノが奥目をしばたいて物思いにふけった。

「雄略天皇は、その伝えを思い起こして、みずから神の御姿を改めたいと、蜾蠃を遣って捕えさせられたのじゃろ……はたして、神は蛇のお姿じゃった。それも、十代あまりのちのことじゃから、小蛇から大蛇に生い立っておられたのじゃ。

その大蛇を、雄略天皇が、身も清めずにご覧じたので、大蛇がいとう怒り、雷《いかづち》のようにがらがら音を立て、眼をらんらんと輝かせて天皇を睨みつけた。恐れた天皇が、御目を覆うて殿中《おほとの》に隠れ、蜾蠃を御諸岳にやって大蛇を放《はな》させられた、とある」

「また、ひとりで荒れる神さんの大蛇を御山に放しに行ったのか……」

「怖れを知らぬ兵《つわもの》じゃろう。蜾蠃は、それほど猛き者じゃった。酒公の願いを聞き入れられた天皇は、その兵に、猛しと名の高い大隈と阿多の隼人を授けて、豪族から秦の民を取り返させられたのじゃ。酒公がいかに愛でられておったか、つぶさに物語るじゃろう」

「そらまあ、愛でられてたんやろな。けど、そやからゆうて、そこまで目エ掛けてもらえるやろか？世の中、そう甘《あも》うはないやろ。まして、頼んだお方があの雄略天皇やろう」

シムラのあまりの喜色にかえって白けたのだろう。世間通のカマタリが、勉強一筋のシムラの甘すぎる解釈をあざ笑い、ふと、小首をかしげた。

(もし、それが実《じち》やとしたら、雄略天皇は、なんで、そこまで?……)

「たしかに、世の中、そう甘うはないじゃろな、ふっふ。が、これは御門にも大きな利があってな、豪族の手から民を取りあげ、それを秦造のもとに置いて、その戸籍《へのふみた》につけると、御門に役《えき》と調《みつき》を納める部《べ》が伸びる。天皇が愛でられる才伎も御許に増す。

それが印に、喜んだ酒公が百八十種勝《ももあまりやそのすぐり》という多くの秦人を率いて御門に上がり、朝庭《みかど》に絹と縑《かとり》（絹布）をうず高う積んで奉った、とある。秦氏の母屋《おもや》の禹豆麻佐《うつまさ》（太秦）という氏名《うぢな》は、そのとき賜ったものなのじゃ。明くる十六年、御門は桑によい国県《くにあがた》を選《え》って木を植えさせ、そこに秦の民を遣って絹と縑を拵えさせたとある。秦の才伎をたちまち便《びん》よう用いられたのじゃな。同じ年、漢部《あやべ》を集えて、それを率いる長を定め、直《あたひ》の姓を賜ったとある。それも、御許の才伎を伸ばす策やったのじゃろ。

天皇には、秦の民を取り上げて葛城氏ら豪族の宝を削く、という思わくもあったじゃろしな。

酒公は、そういう御心向けを心得ておって、潮合いを見極めたすえに願いでて、ありがたいお許しを賜ったのじゃ。したたかじゃろう。祖父《おほぢ》の弓月君に劣らんじゃろう、ふっふ」

「……酒公の願いは、雄略天皇の謀りの方便に使われた、ゆうことか……弓月君の願いごとと同《おんな》じように、豪族から宝を奪う好《え》え言付けに使われた、ゆうことやな」

シムラの説いた「利」や「思わく」や「策」に、ようやく納得したらしいカマタリが、なおも、はぐらかすような、それでいて的を射たような憎まれ口を叩くと、

「そういう風にいうと、天皇の策《はかりごと》が欲心づくの謀りごとのように聞こえるなあ……さきに言うたように、雄略天皇は政《まつりごと》の有り様を改めるという大きな志をお持ちじゃった」

天を仰いだシムラが、語りを巻き戻して、持論を繰り返しだした。

「雄略天皇が御位にのぼられたころ、大倭の大野には、もろもろの豪族が御門とならび立っておった。西では、平群臣と葛城臣が広い地を領《うしは》き、東から南にかけては、和珥《わに》臣、物部連、大伴連、阿部臣、蘇我臣、羽田君、巨勢《こせ》臣が勢いを競うておった。御門にゆかりの磯城やその北の纏向《まきむく》は、北に物部、

南に大伴という、のちに天皇が大連に就けられた二氏の地に挟まれた、さほど広うない地にすぎなんだ。しかも、雄略天皇の泊瀬朝倉宮は、その磯城から、初瀬街道を奥に入《い》った黒崎あたりの辺地にあった……御門が豪族を統《す》べるというにはほど遠い有り様やったのじゃ。

天皇は、そういう世の形を改め、御門が世の只中《ただなか》（中心）という、政の形をしっかと造るべく、御門の力を調え、勢いを伸ばすべく種々《くさぐさ》の策を講じられた。大伴と物部の二氏を大連に立てて御門の兵と職を伸ばし、平群氏を大臣に就けて地の豪族らの勢いを引き寄せ、三蔵を調えて宝を蓄え、史や才伎など能ある者を召し集えて才と技を調えられたのじゃな。大きな御門が率いる新たな御代を造るという、かつてない策《はかりこと》を直路《ひたみち》に進められた大倭ではじめての天皇……それが雄略天皇じゃろな」

「おおむかしに、いまのような大きな御門を造ろうとしてはったのか」

「国のうちの政ばかりでない。雄略天皇は、韓《から》にも勢いを広げようとされた……神功皇后が新羅を討ち、はじめて韓に内官家《うちつみやけ》を置かれたのち、およそ百年《ももとせ》にわたって五代の天皇が難波《なには》に宮を建て、そこを足溜まりにして韓の政に係わった。百済と新羅、加羅を脅かす北の強き高麗《こはこま》と争い、その高麗、さらに新羅と争う百済と好しみを結び、任那を後ろ見て、その任那を護るべく新羅を攻めたてた。

その五代目に当たる雄略天皇は、先の四人《よたり》の帝《みかど》にもまして、韓の政に力を入れられた。

御代の八年に、日本府《やまとのみこともち》の名が表われる。高麗に攻められた新羅の王《こきし》が、任那の王に使いを遣《まだ》し、《日本府の将軍《いくさのきみ》に救いを請いたい》と、引き合わせを請うたというのじゃ。日本府というのは、その名からして、御門の命《みこと》をもって韓の政に携わった官《つかさ》じゃろな。その日本府に、御門に抗う新羅までが助けを請うたのじゃ。御代に、御門が韓の国々、とりわけ任那への係わりをさらに深めたという証《しる》しじゃな。

雄略天皇はまた、唐土の宋の皇帝《みかど》に使いを遣《つかは》して、みずから三韓《みつのからくに》を統ぶ大将軍《おほいくさのきみ》を名告り、宋の皇帝から新羅、任那、加羅などの軍《いくさ》を統《す》ぶ〔安東大将軍〕に任《ま》かれたという。かの国の書に、そうあるそうじゃ。大倭ばかりか、韓にも勢いを張るべく踏みはたかった（踏ん張った）雄々しい天皇……それが雄略天皇じゃろな」

「三韓を統ぶ大将軍か。よう名乗ったなあ。神功皇后のうえを行くようなお方やな……唐土の皇帝から位を授ったゆうのはちとさもしいけど……」

「酒公は、天皇のそういう逞しい心勢いと、大きな御志を頼んだのじゃろ。

……祖父《おほぢ》の弓月君が、応神天皇の御門にとりわけの御恩を賜って、加羅から人夫を助けだしていただいた。が、その人夫の才や技を継ぐ民が、二代も経たぬうちに、早くも葛城氏らに奪われ、あたら秦造を賜った己が代にも、取り返せておらん。手許には十人に一人も残っておらず、秦氏は殆《ほと》ど崩れておった。放っておけば、いずれ、秦氏が砕け散る。末葉《すゑば》の拠り所が危うなる。祖の弓月君らの働きが露と消え失せる、というほどの惨めな有り様やったじゃろ。まして、民らが葛城らの濫《みだ》りな豪族らに叩き使われる。ここは、いかにしても、その民を助け出《い》だし、氏を建て直して、一族郎党の先行きの礎を固めねばならん……酒公はそう心を起こしたのじゃろ」

「一族郎党の世過ぎも、末葉の仕合せも、先祖の供養もひとりで担《にの》うてたのか。弓月君と同じような、重い重い思い入れやったんやなあ。民を奪われ、氏が踏みしだかれたら、長《をさ》たる人は、なにもかもを己が肩に負うて、難儀に行き向かうことになる、ゆうことか……」

「とはいえ、己が手で豪族から民を取り返すなど得《え》も能《あた》わん。下手に動くと、氏が滅ぼされかねん。

ここは、豪族を服《まつ》わせて新たな世を造ろうと志される、並はずれて雄々しい雄略天皇を頼むほかにない。豪族と来帰人の隔てなく、才と技を用いられるこの天皇なら、きっと願いが許される……そう思い定めたのじゃろ。

折しも、雄略天皇の御代がいよいよ定まった十五年、棟梁の円大臣が天皇に滅ぼされたあと、その跡継ぎも欠いたままの葛城氏が小そう分かれて、衰えだした。その潮合いを待ち続けておった酒公が、その期《ご》を外さず、天皇に訴えた。

果たして、その酒公の訴えを、雄略天皇がたちまち許された。御門に仕えるべき秦の部曲《かき》を隋に取り込んで、漫《みだ》り使うておるという葛城氏を許せなんだのじゃろ。兵や、職、財ばかりか、才も才伎も集めて、大きな御門を造ろうと志されていた天皇には、みずからの策に確《しか》と添う願いであったじゃろしな」

「待ちに待って、ようよう願いを叶えた、ゆうことか……たしかに、容易い業ではなかったやろからなあ」

「酒公も、只の男でないじゃろう、ふっふ」

「したたかな人やったんや……けど、谷あいの御門で長々仕えて、根よう待ちつづけたゆうのは、来帰《まうけ》た早々ただちに御門に願いでた弓月君の心早い業に比べたら、なんとも心長い謀《たばか》りやなあ。まあ、それほどの大事やったのやろけど……」

ようやく納得したらしいカマタリが、なお難癖を口にした。そもそも、「豪族から一万八千人あまりもの民を取りあげてもらった」という〝大きすぎる働き〟が小商人の理解の域を越えるのだ。

「己が一世《ひとよ》をかける大事やったのじゃろ」

待っていたように、シムラが返した。カマタリの繰り言のお陰で、酒公の〝苦心〟のほどをとくと語れる、と口元がほころぶ。

「それに、頼んだお方が、あの際高《きはだか》い（気位の高い）雄略天皇じゃ。ご機嫌（意向）を量るのに、さぞ、労《いたつ》いたじゃろからな、ふっふ」

「そらあ、あの雄略天皇やもんなあ。慌てて言い損ねたら、殺されかねんやろしな。ひたすら待つほかなかったやろなあ……弓月君は、三年待ったんやったな。酒公は、そんなもんやなかったやろな。幾年《いくとせ》ほど待ったんやろ？」

「……御代の十二年に、酒公があの木工を助けたとき、《ときに秦酒公、御許に侍り》とある。そのあと、酒公が願いでたのは十五年じゃから、そのあいだは、おおかた三年あまりじゃ。が、木工を助けたとき、すでに御許に侍っておったのじゃから、酒公はその前から仕えておったじゃろ。父《かぞ》の浦東君が仁徳天皇に糸、綿、絹帛《きぬ》を奉って、《肌膚《はだ》のごとし》と褒められたことからすると、雄略天皇が御位に上がられたころには、仕えはじめておったのでなかろうか……とすると、おおかた十五年ほど待ったことになるな」

「十五年も待ったのか。まさに執《しふ》やな。それほど切《せち》な願いやったんやなあ。それほど思い入れてたから、荒い天皇の御許でも堪えられたんやろなあ」

「というより、雄略天皇の御代じゃから、成せた事業《ことわざ》やったのじゃろな……天皇は、優れた技や才をことのほか愛でられたお方じゃ。秦や漢《あや》など、応神天皇の御代にあまた渡ってきた来帰人に、新たな役と位を賜って、御門に用いられたはじめてのお方じゃ。酒公にも、秦氏ではじめて造の姓も賜ったお方じゃ。古くからの御門の習わしにこだわらず、人をその真の値によって取り立て、また、新たな、開けた世を造ろうと目指されたはじめての天皇じゃ。この天皇なら、己が願いを許して下さる。いや、この天皇の御代を外すと、願いは永久に叶わん……酒公は、そう思い定めておったのじゃろ」

「人を殺す、荒いばかりのお方でなかった、か……」

「それに、滅相な難儀を聞き届けていただくには天皇の厚い信と寵を賜わらねばならん。天皇の御心が動く節《ふし》をしかと見極めるには、天皇の御志やら策《はかりこと》やらをつまびらかに弁えねばならん。願いでる潮合いを見定めるには、世の動きや豪族の様子に通わねばならん。とにかく、ときをかけて、あれこれと支度を調えねばならん難儀やったじゃろ。

その支度を調え、天皇の御心をうかがいながら、訴えでる潮合いを計るには、日並み御許に仕える秦造という姓が、ほかにない重宝な品じゃった……天皇は、末期《まつご》に詔《みことのり》を遺されておる。《己の心を責め、己を励まして、慎むことは、けだし百姓《ひやくせい》のためである。臣、連、伴造は日に異《け》に御門に参り、心《こころ》肝《きも》を尽くして懇ろに勤めよ》とな」

「末期になって、百姓のため、か」

「……じゃから、秦造に拝されると、おのずと、日並み御門に仕えることになる。酒公は、幸い、その姓を賜った。その姓を賜って、日並み御許に仕えることになった。じゃからこそ、成し遂げられた事業《ことわざ》じゃった。雄略天皇の御代じゃからこそ、成せた大きな業やった、ということじゃ」

「荒い天皇に仕える労《いたつ》きを煩いとも思わず、それを好《え》え間《まん》と心得て、己が願いを叶える方便に用いた、ゆうことか。難を福に替えた、ゆうことやな……酒公ゆう人は、祖父の弓月君と違うようで、いよいよ近いお方やったのかもなあ」

「したたかな筋をそのまま引いて、しかも、弓月君に劣らぬ堪え精《ぜい》（忍耐力）を持っておったのじゃろな、ふっふ」

「十五年も待ちつづけたんやもんなあ。並みの者《もん》なら、根《こん》も心も消え入るほどの年月や。堪え精、てなもんやない。怖ろしいほどの執《しふ》や」

「じゃなあ……したたかというより、直路《ひたみち》に志を曲げず、一途に潮合いを待って、おのれの思いを成し遂げる、という健気な男やったのじゃろな。秦氏を建て直すというひとつ事に、おのれの身も、心も、一世も捧げておったのじゃろ」

「頼んだお方が、あの荒い雄略天皇やからなあ。ひたすら堪えて、一心に待つほかなかったやろ」

「稀なほど雄々しいお方じゃからな。おのれは直路に静心《しずごころ》を保って、御心の動くとき、頼みが許される潮合いを一途に待つほかなかったのじゃろ……いや、酒公は、堪えておったというより、御許に仕えることを楽しんでおったかもな。大きな、開けた御志の雄略天皇じゃ。きっと好き代を開かれる。われら来帰人の行方もいよいよ明るい、とな」

カマタリに釣られた少々暗い言い種を打ち消すように、シムラがまた、新たな嬉しい発見を口にしてにっこり微笑むと、

「思えば思うほど、酒公ゆう人も達者なお方やったんやなあ。弓月君のうえを行くようなお方やった

んかも知れん。あの、神功皇后や応神天皇のうえを行くような達者な雄略天皇に、わが思うまんま、願いを許してもろうたんやもんなあ」

カマタリが少々見当違いに感心した。

「達者、なあ……ちと、違うようじゃが」

シムラが首をかしげると、

「達者は達者やろう……十五年かけて、ときに何心もないような顔で、琴を弾いて歌を歌いながら、天皇を宥めたりして、それでもお怒りを被るどころか、おのれが企んだ通り、御心を取って、愛でられた。そうしておいて、ここゆう時に、《葛城氏らが、御門に仕える秦の民を、天皇のお許しもなしに、ひそかに使うておるようです》とかゆうて、豪族を謗った。あの、木巧を助けときのように、人言《ひとごと》（噂）を語るような口でな。また、煽られた葛城嫌いの雄略天皇が、たちまち怒って、十五年かけて、荒い雄略天皇の秦さんの民を取り返させはる、としっかと量ったうえでな。酒公は、十五年かけて、蜾蠃を葛城に走らせ、御心の壺を、隅々まで押さえて、事に及んだんやろ。先の事成りを知ってたゆうより、事が成るよう、己が心のうちに、雄略天皇をしっかと取り込んでたんや。祖父《おほぢ》の弓月君のうえをいったんや。雄略天皇のうえをいく達者やったんや」

カマタリが気炎を上げ、どこかずれたような、それでいて当を得たような推量を並べ立てた。

「……そういう風に言うと、味がないというか、どこか違《たが》うなあ……カマタリにかかったら、大きな御志の、雄々しい雄略天皇も、ただの人になるなあ……おのれの一世の願いを叶えようと、一途に待ち、直路に働いた酒公も、ただの謀《たばか》りの人のように……」

夢合わす

「さて、河勝と奇《くす》しき縁《ゆかり》のあるという、ふたりめの祖《おや》じゃが……」
「ふたつの伝えが落ち合うゆう、もうひとりのお方やな、くっく」
「はっはっは……初瀬川を流れ下った嬰児の河勝が、欽明天皇の御夢《みいめ》にうかがい、それをご縁に殿上に召されたというのじゃが、さもありなん、欽明天皇は、折につけて夢《いめ》合う（正夢を見る）お方でな、善き御夢が現《うつつ》の吉事《よごと》になり、また、御夢にご覧じた良き人と好き縁《えにし》を結ばれたらしい」

シムラが、なんの屈託もなさそうな、のどかな声で、ゆっくり語りだした。

「夢は、夢現《いめうつつ》とか、夢心地とか、夢がましとか、というように、おぼろなものじゃろう。寝《い》ねるときに見る幻じゃから、醒めると、霧のように消え失せる目滅《まほろ》ぼしじゃな。
が、なかに神のお告げや、人の予言《かねごと》や、あるいは、何かが起こる兆しなど、様々《やうやう》な徴《しるし》の夢があるという。欽明天皇は、折につけ、その徴の夢をご覧じたらしい。夢解きにも優れ、ご覧じた御夢が、吉《よ》事《ごと》の徴か、禍事《まがこと》の兆しかをつぶさに占われた。

そのご覧じた善き御夢を、己が願い、あるいは、御志にして御胸にひしと保ち、ときをかけて、それを、現《うつつ》の吉事に成された。さらに、御夢にご覧じた良き人と好き縁《えにし》を結ばれた……欽明天皇は、そういう貴い心魂《こころだましい》（心性）を宿す畏《かしこ》き（尊く、優れた）お方じゃったらしい」

エツメとキキがうっとり聞き入り、モモナが心眼を凝らして天皇の心象を見つめた。

……ちなみに、〔ユメ〕は中古に現われた言葉で、〔イメ〕の転という。奈良時代までは夢《いめ》と言ったらしい。〔イメ〕の語源は、寝《い》・目《め》という……

「もうひとりの祖というのは、その欽明天皇が御夢にご覧じた、というか、御夢にその名を聞こして、それをご縁に、貴い御恩を賜った者なのじゃ……河勝の一代前に、大津父《おほつち》という大商人《おほあきうど》の長《をさ》がおった。欽明天皇が皇子にましますころ、その大津父の名を御夢に聞こして御許に召され、さらに、皇子が御位にのぼられると、大蔵省《おほくらのつかさ》に拝されたという。大蔵の出納《あげおろし》を司る御役を賜ったのじゃな」

（商人が、息なし皇子の御許に召され、大蔵の出し入れを任された……）

小商人のカマタリがいぶかしげな上目に妬ましげな色を浮かべて、シムラの笑顔をうかがった。

「大津父はまた、後にも、先にも、秦氏でただひとり、秦伴造《はだのとものみやつこ》の姓《かばね》を賜った。元年《はじめのとし》に秦人《はだひと》や漢人《あやひと》などの来帰人《まうけびと》を召し集えて各々の戸籍《へのふみた》につけた折に、それを賜ったとある。御門には、むかしから大伴など兵《いくさ》や職《そく》をもって仕える〔伴〕という名の部《べ》があった。秦氏も、そのひとりに加えられたのじゃな。酒公《さけのきみ》が雄略天皇から秦造《はだのみやつこ》に拝され、葛城らの豪族に奪われておった民も取り返していただいた。

それから三代下った大津父の代に、その民が、値《あたひ》の高い才伎《てひと》と見取られるまでになり、その才伎を率いる秦人が、品の高い物作りと役《えき》をもって御門に仕える伴に持てなされ、大津父が、その秦伴を統べる秦伴造に拝されたのじゃ。

ときに、秦人は七千五十三戸《ななちへあまりいへあまりみへ》を数えたという。戸の数が『紀』に記されるのは秦人のみなのじゃ。秦人がとりわけ多かったということじゃろな。その品の高い秦伴を統ぶ姓を賜ったのじゃ。まことに貴いお恵みじゃろう」

（七千五十三戸……）

息子も孫もひとりきりの寡夫《やもを》のカマタリが唖然とし、孫沢山のキキが目を白黒させた。日本の人口が五百万人程度だったと推計される時代に、家族を含めると数万人にのぼるであろう戸数を数えたという。誰もが仰天して当然の、巨大な〝所帯〟なのである。

「もっとも、同じ代に、秦造を賜った者がほかにふたりおったようじゃから、秦のなかから優れた部（私有の職業集団）を選って、それを率いる秦人を伴とし、それを大津父が率いることになった、ということかも知れん。大津父は分家の者のようじゃしな。分家の者が伴造の姓を賜ったのじゃ。いよいよ貴い御恩じゃろう。

そのお取り立ての端《つま》が、先に言うたように、皇子の御夢じゃった。その御夢が、『紀』に記されるのじゃ。それも、欽明天皇の段のはじめにな」

（御夢が『紀』に記される？……）

「……ある夜のこと、ある人が皇子の御夢に現われて告げたという。《秦大津父という者を恵みたまわば、壮年《をとこさかり》に至り、皇子はかならず天下《あめのした》を治められるでしょう》とな」

（……また、はじまりそうやな）

「御夢を奇縁と思しめした皇子が、ただちに使いを四方《よも》に遣って大津父を訪ねさせられ、使いが山背《やましろのくに》国の深草で見いだした。はたして、その名は御夢のとおりという。《めづらしき夢なり》と喜ばれた皇子が、大津父を召して、《夢に汝《いまし》の名を聞いた。何か思い当たることがないか》と問われた。

大津父は畏まって答え、《これという事はございませんが、伊勢に参り、商いをして帰るとき、山で二頭の狼が噛みあっておりました。ただちに馬から下りて、手を洗い、口をすすいで、神に祈り、その狼たちに〈汝《いまし》らは尊き神であるのに、荒々しい業《わざ》を好む。猟師に逢えばたちまち捕らわれよう〉と言い含めて争いを押しとどめ、血に濡れた毛を洗うて、二頭を放し、ともに命を助けました》と申した」

（なんのこっちゃ？）

「皇子は《それぞ、吾《わ》が夢のお告げの答であろう》と喜ばれ、大津父を御許に召して厚く恵まれた。すると、《大きに饒富《にぎはひ》いたした》という。御許に宝が増したということじゃろな。大津父が商いの才覚をもって、皇子の宝を伸ばしたのじゃろな。

天下《あめのした》を治める元は、徳や人、兵《いくさ》などじゃが、宝も欠かせんそうじゃ。その宝がとみに増した。《大津父という者を恵みたまわば、皇子は、壮年に至り、かならず天下を治められる》というお告げがまさに合《お》うたのじゃ。皇子は、御夢にその名を聞こした大津父と好きご縁を結ばれたのじゃ……夢合うお方じゃろう。夢解きに優れるお方じゃろう。

それに、この伝えは、欽明天皇の御夢にうかごうて殿上に召され、御許で愛でられたという、あの秦氏の河勝の伝えと通うじゃろう。二つの伝えは、しかと落ち合うじゃろう、ふっふ」

相好を崩すシムラの前に、狐につままれたような顔が並ぶ。例によって、カマタリがしゃしゃりでて、

「狼にいい含めて、噛みあいを止めさせた……それ、まことかいな、ゆうような語り種《ぐさ》やけど、それが、なんで、御夢の答になるんやろ？　人の争いを止めた、ゆうんならともかく、狼の噛み合いやろう。それを止めたんが、御夢のお告げの答？　そんな夢語りのような戯《たわぶ》れ言、あっ、いや、おぼつかんことをゆうた人を御許に召して愛でられた、てか？」

嫌みたらたらと語りの〝粗《あら》〟をえぐった。要を得ない夢物語がもどかしいのだろうが、同じ商人という大津父への筋違いな妬みも後を引くらしい。

「皇子の御心に、大津父の心働きが染《し》みたのじゃろな」

シムラが弾むように返した。

「心働き？」

「大津父は手を洗い、口をすすいで、神に祈り、狼に語ろうた。禊《みそぎ》をして身を洗い清め、祓《はらへ》をして罪と穢れを清め、ねんごろに祈ったうえで、狼に言い含めたのじゃ。

野良《のら》を荒らす土竜《もぐら》や猪などを喰い殺す狼は、むかしから大神《おほかみ》と畏れられ、敬われる。大津父は、その荒ぶる大神を恐れずに敬い、鎮め、助けたのじゃ。祭りの上《かみ》たる朝家《てうか》には、まことに好ましい振舞いやったじゃろ。大津父は、まれに訪れる頼もしい客人《まらうと》に違《たが》いない……皇子は、そう思《おぼ》しめしたの

じゃろな。
ときは、仏を敬《ゐやま》い崇めるいまと違い、天つ神国つ神を恭しう崇めて世の安穏と豊秋《とよあき》（豊作）を祈る祭りごとが政《まつりごと》の本《もと》という代《よ》じゃった。わけても畏き皇子はねんごろに神々を礼《ゐやも》もうておられたじゃろ。その御心に、大神を敬うて助けた大津父の厚い心働きが深う染みたのじゃろ。《賢き人を礼いたまう》と称えられたお方じゃから、なおさらにな」

シムラが、少々胸を張った。これぞ、いつもの、わが〝自信の解〟なのである。

「大神ゆうても……狼は、狼やろう？」

「……たしかに、この狼の噛み合いは、朝家《てうか》のなかの跡目争いや、大伴氏と物部氏の仲違いなど、人の諍いを遠回しに言い換えたもの、と推し量る者もおる。が、商人の大津父に、そんな大ごとを収められるわけがない。ここは、『紀』が記すとおり、大津父が大神たる狼を敬うて、その争いを鎮め、助けた。皇子がその篤い心遣いを貴ばれ、御夢のお告げの答と思し召した、というわれの推し量りに誤りはないじゃろな、ふっふ」

「何ちゅうか、そのう……」

「あながち、強《し》い言《こじつけ》ではあるまい」

なお御託を並べかけたカマタリをモモナがぴしゃっと遮った。いやしくも神を和《な》ぐ巫《かむなぎ》である。篤い信仰心を肴にする言い掛かりなど、努《ゆめ》許せようか、という叱声である。

「強い言、か……モモナにもかなわん、ふっふ」

巫女の放った寸鉄に、シムラが、とばっちりを喰らったような、面映ゆいところを突かれたような照れ笑いを浮かべた。

「欽明天皇は、実に好《げ》え夢《え》をご覧になるお方やったんやなあ。それに、大津父さんの名ァを御夢に聞こすや、四方に使いをやって訪ねさせはったたゆうのは、さすがに貴人《あてびと》ゆうか、お暇《いとま》、あっ、いや、雅びなお方やなあ……われも、ときと無《の》う夢を見るけど、どれも碌《ろく》なもんやない。落ちた谷深《たにふけ》からあろうと、気ィ（空気）を蹴っても蹴っても落ちてゆくとか、今日《けふ》もまたひとつも売れなんだとか、恐ろしげな夢やら、心の急《せ》く夢ばっかりや。そんな夢が、いちいち合《お》うたら大ごとやろう。目ェ覚めたら、直《じき》に忘れてしまわんとな、いっひっひ」

モモナに怯えたカマタリがそそくさと話を戻し、その口を滑らして、あたふたと自虐に紛れ、

「けど、皇子が聞いたこともない商人の名ァを御夢に聞きはったゆうのはちと妙やなあ」

と、かねてものらしい疑問を口にすると、

「そこが、欽明天皇の、欽明天皇たる所以じゃろな」

呼び水を得たように、シムラが明るい声をあげた。

「《翁を敬い、若きを慈しみ、賢き人を礼《ゐやま》いたまう》と称えられた欽明天皇は、良き人との縁にとくと御心を染められるお方じゃった。御夢に、縁もゆかりもない大津父の名を聞こしたり、嬰児の河勝を御夢に許されたりしたのは、そういう厚い人となりの成せるものやったのじゃろ」

御夢という奇縁を端《つま》に、ふたりの敬愛する祖を愛でていただいた欽明天皇を、そう崇敬しているのである。当然のように、

「人となりというのは、生まれつきの心柄じゃろが、欽明天皇のそれは、厳しい境《さかひ》を糧にして、己が優れた天性をみずから養われたもののように思える」

天皇の尊いお人柄の由って来るところに尽きせぬ興を抱いている。

「ご一家は、祖《おや》の継体天皇の御代から、いろいろと苦い思いをされた。継体天皇は、嫡子の欽明天皇を《慈しみたまい、常に御許に置きたもう》とある。欽明天皇は、父の労《いたつ》きをつぶさに見ながら生《お》い立たれたじゃろ。

また、先に御位を継がれた兄の安閑天皇はわずか二年、次の宣化天皇も四年で崩《かむあが》られたから、実《じち》は、三十二年の長きにわたって天下を治められた欽明天皇が継体天皇の跡継ぎというお方やったじゃろ。おのずから、父と同じく、というより、父より長きにわたって、あれこれ煩れた」

「いつかの語りで聞いたな……大倭に日嗣ぎのお方が絶えかけたとき、近江におられた男大迹王《をほどのおほきみ》ゆうお方が、応神天皇の五世下の御孫《みま》という筋ゆえに、高御座《たかみくら》（皇位）に迎えられ、継体天皇に立てられはった。その奇《くす》しき幸《さきは》いが、かえって徒《あだ》になって、迎えられた御門で、あれこれ煩いはった、ゆうことやったな？」

カマタリが物覚えの良さをひけらかすと、

「それまでの天皇方にもましてな」

シムラが得たりと微笑み、継体天皇から語りだした。

「……神功皇后がはじめて新羅を撃ち、百済や任那も平らげて、三韓《みつのからくに》に内官家《うちつみやけ》（屯倉）を置かれてよりこの方《かた》、代々の御門が三韓に係わり、とりわけ任那の国々を寄《よ》さし建てて（封建し）、韓の足代《あししろ》（足場）

としてきた。韓の南の端にあった任那は、筑紫にもっとも近い国じゃったし、ふるく崇神天皇の御代から御門に好《よ》しみを通わせてきた国じゃったからな。御門は、任那に鉄《あかがね》も頼っておったしな。

　さるべきこと、その任那を守る事業《ことわざ》がいつしか〝天《あま》つ日《ひ》嗣《つ》ぎの業〟というほどの重い責めとなった。皇祖《すめろき》の天照大神から授けられた日嗣ぎの御位に就くお方はおのずと勤めねばならぬ〝帝《みかど》の業《わざ》〟になったのじゃな。

　近江から迎えられた継体天皇は、応神天皇の末葉を引くとはいえ、五世もの長きにわたって大倭から離れておられた筋の、いわば余所人《よそびと》のお方じゃった。で、ことさら御身を責めて、その〝日嗣ぎの業〟に励まれたのじゃろ。我が代に任那を滅ぼしては、祖の応神天皇にも代々の天皇にも申し開きが成らん、そう思い入れられたのじゃろな……この〝帝の業〟や〝日嗣ぎの業〟というところは、われの、いつもの〝当らずとも遠からず〟という推し量りじゃがな、ふっふ」

「よそ者には、地の者への、用もない憚《はばか》りのような心根があるからなあ」

「継体天皇には、大倭の群臣《まへつきみたち》の手前もあったじゃろしな。御身を御位に迎えた群臣を束ねるためにも、日嗣ぎの業をまっとうするという御心向けを明らかに示す要《えう》もあったじゃろ」

「二十五年の御代のうち二十年ものあいだ、大倭の京《みやこ》に入《い》れず、三たびも淀川のほとりに宮を建てて、待ちつづけはったんやろう。大倭の豪族らのさがない仕打ちがありありや」

「欽明天皇もその日嗣ぎの業をしかと継がれた。任那を守るべく新羅を攻め、任那を守らせるべく百済とのもの難しいやり取りに御心を砕かれたのじゃ。天皇は折りにつけて〝帝の業〟を唱えられ、遺《のち》の詔《みことのり》でも任那のことを世嗣ぎの敏達天皇に継いでおられる」

「なんで、そこまで外国《とつくに》のことに、ゆうような思い入れやったなあ」

「が、国争いに明け暮れる百済と新羅は、一筋縄でゆかん、したたかな国じゃった。とりわけ、御門に抗《あらが》いがちな新羅は、兵《いくさ》の法《のり》にも、謀りにも長けておった。はじめのうち、百済とともに、北の〝強《こは》き敵《あた》〟と恐れた高麗《こま》に抗い、そのため御門に後ろ盾を頼んだが、やがて百済と争うまでになり、その百済と、百済が好しみ結ぶ御門に備えるために、ときに敵の高麗にも服《まつろ》うようになった。また、唐土《もろこし》に習うて律令を定めて国の形を改め、次《すが》い次いに勢いを伸ばして、御門も手を束《つか》ねるほどになった。

片方《かたへ》の百済は、あらゆる序《ついで》（機会）を己が利に働かせる方便に長けた、それも、二心《ふたごころ》の国じゃった。口では《天皇の詔《みことのり》は任那を復《かへ》し建てること》といい、御門に力を合わす構えを取りつくろうたものの、腹では常に謀りを巡らし、御門の思わくを逆さに取って、その後ろ盾を取り込みながら、ときに御門の許しを請うて、おのれが守るべき任那の地を我がものにした」

「国争いに揉まれつづけたりしたら、達者になるわなあ。大倭人はのどかや……上々はわが欲しいまんま、百姓は貧ばっかり、やけど」

「御門の群臣も、欽明天皇のお心遣いに係わらず、いや、それを幸いに、放埒を働きだした。とりわけ任那に置く官《つかさ》が日本府《やまとのみこともち》の政《まつりごと》を思うままにし、任那を守る役を疎かにするどころか、百済に賄《まひない》をせがみ、裏で新羅に通じるという体たらくじゃった。任那の卓淳が新羅に滅ぼされたとき、御門から《任那を早く起こせ》と急《せ》かされた百済の王が《それには、まず、日本府の官を大倭に還していただきたい》と請うたほどじゃ」

「京《みやこ》から離れた修羅場に置かれたら、もともと放逸な官《つかさ》はいよいよ欲に走りよるやろ」

「韓との係わりは、御門のうちにも波風を立てた……継体天皇の御代に、百済が任那の四県を請うてきたとき、大連《おほむらじ》の大伴金村《おほとものかなむら》がそれに口を添えて、御門がその四県を百済に賜わった。その金村の口添えを、欽明天皇の元年《はじめのとし》、大連の物部尾輿《もののべのをこし》が御前でなじったため、際高《きはだか》い金村は、みずから御門を辞した。欽明天皇は、父を御門に迎えた金村という大きな支えを早々と無くされたのじゃ。

さらに、十三年に百済がはじめて大倭に伝えた仏法《ほとけのみのり》を崇めるか否かをめぐって、大連の物部尾輿と大臣《おほおみ》の蘇我稲目《そがのいなめ》が激しう諍《あらが》いだした……北の強き敵《こはあた》の高麗と、東の〝凶《あし》き党《あた》〟の新羅に当たる便《よすが》に、御門のさらなる後ろ立てを頼もうと、百済が奉った仏法が思わぬ火種を生み、御門が真っ二つに割れたのじゃな。

近江から迎えられた余所人の継体天皇の御子であり、《賢き人を礼《ゐやま》いたまう》お人柄の欽明天皇じゃから、大伴も、物部も、蘇我もすべて持てなそうと御心を砕かれた。その甲斐なく、というか、その御心遣いがかえって徒《あだ》になって、大連同士《どち》、さらに、大連と大臣の諍いを掻き立て、天皇のお悩みが、いやがうえにも深うなったのじゃ」

「……改めて聞くと、近江から迎えられた継体天皇も、御子の欽明天皇も、幸《さきは》いの極みのようなお方に見えて、つくづく間《まん》の悪いお方やったんやなあ。上に登られたお方のお煩いは実《げ》に深いんやなあ。この上がないお方やから、持ってゆく先がないもんなあ」

「が、欽明天皇は、いたずらに煩《わずろ》うておられたわけでない。己が厳しい境界を糧にして、御身を修め、いよいよ緩らかに、柔らかに生い立たれた。それが証《しる》しに、天皇は三十二年の長きにわたって天下を治め、大倭を新たな豊かな国に成された。みずからの良き天性をさらに養われたお方じゃからこそ、やむごとなき天皇に生い立たれたのじゃな」

「労《いたつ》きを糧にして御心を養いはったゆう、あれやな……なかなか為せんことやなあ。根《こん》が元手の商人《あきうど》も、われのような只の者《もん》は、ものが売れんときは、ついつい繰り言が先に立つもんなあ」

「欽明天皇はまた、世の有り様や人の器を見る目もよくよく磨《と》がれた。たとえば、大伴や物部らの古い豪族が端ばる（幅を利かす）御門に、数多の優れた人を取り立て、時と所に相応《ふさは》しゅう用いられた。

その只中が、いよいよ才を表わしはじめた蘇我稲目じゃった。

　御代には大蔵、斎蔵、内蔵の三蔵《みつのくら》が調い、屯倉も、諸々の品部《ともべ》も伸びた。屯倉は、御門が用いる米や物を調えて京《みやこ》に送りだす田荘《たどころ》で、その宝を蓄える三蔵とともに御門の営みの礎じゃった。品部は、品の高い物作りと役をもって御門のうちに仕えた部じゃ。御代には、そのいずれも伸び、御門の宝がとみに増した。

　片方《かたへ》で、任那を興し建てるために、さらなる宝が要《えう》じておった。その要を賄うべく、天皇は引き続き稲目に大臣として政《まつりごと》を執らせ、三蔵《みつのくら》を検校《けんげう》させられた。

　ところを得た稲目は、秦氏や東漢氏、東《やまと》と西《かはち》の文氏《ふみうぢ》らの書算に長けた来帰人《まうけびと》を率いて、甲斐甲斐しう（効果的に）働き、三蔵を伸ばした。屯倉も吉備の白猪《しらい》や紀国の海部《あまべ》、大和の高市郡《たけちのこほり》の大身狭《おほむさ》、小身狭《こむさ》などに設けた。さらに、来帰人の才伎《てひと》を集めて新たな品部も置いた。戸籍《へのふみた》も設け、秦などの来帰人を集めて、それにつけた。来帰人の才覚を用いて戸籍という新たな制を定め、その戸籍に来帰人ば、その才と技を漏らさず用いるという、それまでにない計りじゃった。そのすべてが稲目のなした働きと記されるわけではない。が、数多の来帰人を手許に使うた稲目なればこその働きじゃったに違いない。大伴や物部など、兵《いくさ》の大連には思いも及ばん策《はかりこと》やったじゃろからな。

欽明天皇はまた、唐土、韓の進んだ才学にも目を向けられ、とりわけ外典《げてん》（儒教）の五経の教えなどに御心を染められた。十四年に、百済の願いに応えて馬、船、弓矢などを賜った折、その使いに《代わりの医博士《くすしのはかせ》と易博士《やくのはかせ》、暦博士《こよみのはかせ》を参らせよ。また卜書《うらのふみ》と暦本《こよみのためし》、種々の薬を奉れ》と、勅《みことのり》しておられる。優れた才学をもって新たな進んだ国を造るという、厚い御志がつぶさに表われるじゃろう。

欽明天皇は、仏法にも御心を寄せられた。十三年に、百済がはじめて仏法が伝えたとき、踊るように喜ばれたというご様子に、その御心のうちがありありと表われる」

「なにかと労きの多いお方やったから、仏法に明かりを見はったんやろなあ。そらあ、労きを糧にして己を養うお方も、心の癒しゆうもんも要るやろからなあ。人に切《せち》なんは、銭やない。心の休らい、慰みや……ゆうても、なあ」

「仏法に、新たな祭りの道を見出されたのじゃろな。そういう御志や御心もあって、天皇は稲目に御目を懸けられた。秦や東漢ら書算に長けた来帰人を率いて、みずから仏法や外典《げてん》に染《し》む稲目の、心の開けた頼もしい器を頼まれたのじゃろな。それが印に、天皇は、早くも二年に、稲目のふたりの娘を妃に召し入れておられる」

「そやった、女同胞《はらから》（同母兄弟）を娶られたんや……」

カマタリが思いだしたように溜息をついた。羨ましげに、また、そら恐ろしげに放心する寡男《やもを》に、エツメがちらっと白い憐れみの一瞥をくれ、キキが肩でひくひく笑った。

「稲目も、その欽明天皇を頼んでおったじゃろ。この天皇に、才学を貴び、仏法を崇める新たな世を造っていただきたい、とな。じゃからこそ、思い励んで働き、天皇の御志にしかと応えたのじゃろ。

天皇は、その稲目の下に、大津父を大蔵省に拝され、秦伴造にもつけて、御門に仕えさせられた。ただの商人の大津父を取り立てられたのじゃ。御夢にその名を聞こしたという奇縁を貴んで御許に召され、また、みずからの御目で大津父の客人《まらうと》の品と商人の才を見い出《い》だして、ときの要に当てられたのじゃな。さるべきこと、大津父も、天皇のお頼みにしっかと応えるべく、思い励んで働いた」

「そらあ、やむごとなき天皇に頼まれたら、誰でも思い励んで働くわなあ。天皇は、御心遣いばかりやのうて、人を用いる才にも長けてはったんやなあ」

「才というより、畏き心魂というか、貴い御霊じゃろな……継体天皇が仰せたように、天皇は、皇祖《すめろき》の天照大神から、《民を子として、国を治める》という、別《べち》（特別）な命《みこと》を授かったお方じゃ。その、やむごとなき天皇には、天皇のみに宿る、尊い御霊があるそうじゃ。威霊《かしこきみたま》というらしい。その御霊が宿ると、天皇の徳がとみに高うなるそうじゃ。

欽明天皇は、その天皇霊に加え、もうひとつの御霊というか、優れた心魂を宿しておられた。善きお告げや好き徴の御夢を見立てて、しっかと御胸に保ち、ときをかけて、それを現《うつつ》の吉事《よごと》に成す。また、良き人を見出し、善き縁を結ぶという、稀有な心魂をな。宿すというより、みずから育てられた御霊なのじゃろがな」

「ときをかけて良《え》え思いを叶える、か……緩々《ゆるゆる》と甘《うま》い酒を醸すようなもんかなあ。われにも、そんな根やオやがあったら、今ごろはもっと……あっ、年が長《た》けると、今さら、ゆうような悔いが多なっていかん、へっへ」

「まだ、遅うはない。いまからでも、善《え》え教えや切《せち》な思いをしっかと温めることじゃろ。この夢合うまで人に学《まね》ぶな（語るな）というじゃろう。好き夢も、人に明かしてしまうと、現《うつつ》の吉事《よごと》に成らんらしい。夢の霊《たま》が衰えるのか、はたまた憤《むつか》るのか、ふっふ。

まあ、口に出そうが出すまいが、善き夢や好き思いを胸の内にしっかと温めることじゃろな。そうすれば、己が思いを現《うつつ》の吉事に成す妙《たへ》なる力が湧き出《い》づのじゃろ」

「夢が合うのでのうて、夢を合わす、か。たしかに、朝《あした》に見た夢がたまさか暮れに現《うつつ》になったゆうより、ときをかけて思いを叶えたほうが、甲斐があるやろなあ……シムラは、どうも、このごろ、人の道やら、心得やらを説きたがるなあ……齢《よはひ》、やろか？」

「はっはっは……畏れながら、われも、欽明天皇の尊い人となりに染まっておるようじゃ」

「ところで、大津父さんは、どうゆう〝大きな働き〟をしはったんやろ？」

ふと思いだしたという顔で、カマタリがシムラを本題に引きずり戻した。

「そうじゃった、大津父のことを忘れておった、ふっふ」

「まあ、いつものこっちゃ。心入る質《たち》やからな。齢やし……われもな、くっく」

「はっはっは……大津父は、秦氏でただひとり、伴造の姓を賜った。伴という高い品に許された秦人を統べて、職《そく》をもって御門に仕えたのじゃ。それも、来帰人のなかで、もっとも多い戸数を数えた秦人を率いたのじゃ。いや、来帰人の氏のなかで、氏の名のつく伴造を賜ったのは大津父のみのようなのじゃ。それればかりか、大蔵省に拝されて、財《たから》の出し入れにも与《あづか》ったのじゃ。実《げ》に、〝大きな働き〟じゃろう」

「……なら、大津父さんはどうゆう当て処《ど》（目的）でもって、御門に仕えてたんやろ？」

カマタリが、はがゆげに口を変えて、かねての関心事らしきところに迫った。

「当て所もなにも、秦伴造として、また、大蔵省として仕えるべくして、仕えておったのじゃ」

「そら、そやろけど……弓月君と酒公には、民を取り戻してもらうゆう、一途な願いがあったやろう。なら、大津父さんにも、それなりに……」

「大津父は、ただただ喜んで、勤めに励んでおったのじゃろ。分家の身で、御夢というめづらしい御縁を端《つま》に、貴い御恩を賜って取り立てられた果報者じゃからな」

「……けど、したたかな秦さんの祖《おや》のひとりなんやから、なんぞ、ほかにも下心、あっ、いや、切《せち》な願いゆうようなものがあったのやないか？　弓月君や酒公のように……」

小なりとはいえ、大津父と同じ商人である。利やら益やらという生々しい思わくを聞かねば、話が上っ面に終わる、というのだろう。カマタリが食い下がると、

「……大津父は、御門の御恩に報いるという一途な思いで励んでおったのじゃろな」

ほだされたシムラが、面映げな口ぶりで大津父の心底を推し量りだした。

「御恩に報いる？」

「祖の弓月君が応神天皇に、また三代目の酒公が雄略天皇に、もったいないお恵みを賜わった。お蔭で、秦の氏としての礎がしっかと築かれ、大津父の六代目にして、大倭で指折りの大きな氏に生い立った。おのれも、めづらしい御夢を端に、貴い御縁を賜って、御門と三蔵に仕える面目（名誉）を賜った。この期《ご》に、その御門の貴い御恩にいささかなりとも報いたい、いや、ぜひ報わねば……大津父は、そう願うておったのじゃろ」

「商人が、利ィや益《やう》をおいて、御恩に報いる、なあ……」

「うわべに過ぎるか、ふっふ。けど、そうとしか思えんのじゃ……先祖の労きを聞きつつ育った大津父は、祖らが死に身でたどり着いたこの大倭で、秦が指折りの大きな氏に育ったことが嬉しうて堪らなんだじゃろ。それも、御門から重ね重ねの貴い御恩を賜ってのものじゃ……おのれが御門に仕えさせていただくこの期《ご》に、ぜひ、その御恩に報いたいと願うた心は、知れるじゃろう」

「なんとも殊勝な心ばせ、ゆうか、大きな秦さんなればこその、おほどかな（おおらかな）心構え……」

「はっはっは。たしかに、安らかな心ばえじゃな。が、それが、大津父の一途な思いやったに違いないじゃろな……しいて言えば、秦の家柄を上げるという利はあったじゃろがな」

「家柄を上げる？」

「秦では、大津父のころから、種々《くさぐさ》の才と伎を持つ者がさらに育った。いまの代、数えきれぬ秦人が京《みやこ》と五畿、七道の国々で生業を営む片方《かたへ》で、あまたの秦人が種々《くさぐさ》の才覚をもって御門に仕える。恭仁京の造営録を拝した秦下嶋麻呂は、秦の匠や才伎を集めて大宮垣を築き、その功で太秦公《うづまさのきみ》の氏姓を賜った。かつて唐への遣いに加って彼の地で学んだ秦忌寸《いみき》朝元は、その優れた才学を見取られ、典薬寮の薬師を教える。われのような野巫の薬師から見れば、雲の上の師じゃ、ふっふ。

そういう種々の能や才を育み、それをもって御門に仕えるという、秦の家柄をより厚いものにしたのが、伴造の姓を賜った大津父じゃろな……というても、大津父に、そういう思わくはのうて、ひたすら忠実忠実《まめまめ》しう仕えておったのじゃろがな、ふっふ」

「この世に、そうゆう心安らかな商人がおるのか。成り上がれば、上がるほど、欲ぼる、ゆうのが人ちゅうもんらしいけど……シムラは、大津父さんも好きなんやなあ」

「はっはっは……たしかに、労《いたつ》き知らずの、のどかな思い入れじゃな。大津父は、まさに仕合せな男やったのじゃろな……弓月君や酒公のころと違《たが》い、ときの秦氏には、さしたる憂いがなかった。氏も、大きうなり、大津父に、なんら思うところがなかった。ただ、御門の御恩にはいまだとくと報いておらなんだ。それのみが、心がかりやったじゃろ。

幸い、御夢というめづらしいご縁でもって、秦伴造という、はじめての大きな姓と、三蔵の御役を拝して、御門に仕える面目を賜った。この期《ご》に、なにを置いても、しっかと働き、御門の御恩に報いたい……というのが、大津父の好き夢、いや、一途な願いやったのじゃろな」

「弓月君や酒公の腹を据えた挑みに比べたら、夢に夢を見るようなのどかな心、いや、ひたすら神妙《しんべう》な心向けやが、それは、それで、秦さんの長らしい心柄やったのかなあ」

「大きうなったればこその、まさに秦の長らしい甲斐甲斐しい、忠実《まめ》な働きやったのじゃろ。それに、大津父も、欽明天皇の御志に同じておった、というか、御志を頼んでおったじゃろな。才学を尊び、仏法を崇め、新たな開けた世を造るという御志をな。じゃから、いささかなりとも、御門に力を添えたいと、そう思い入れておったじゃろな」

「御志を頼んだ、か……それも、商人とは思えんのどかな、いや、大きな心映え、やなあ」

「はっは……たしかに、幸せな長じゃな。御夢といういめづらしいご縁を賜って、心から敬う欽明天皇に愛でられ、善き世を造る御門の末座に座らせてもらい、なんの憂いもなく、望み通りに仕えさせていただいたのじゃからな。

しかも、おのれの名が『紀』、それも欽明天皇の段のはじめに記されたのじゃ。『紀』を辿る者なら誰もが知る名になったのじゃ……そういえば、御夢のお蔭で、のちの世に秦の名がさらに広まった。欽明天皇が御夢にその名を聞《きこ》して愛でられた大津父が率いた秦氏、となる。それも大津父の〝大きな働き〟かもな、ふっふ。思えば思うほど、仕合せな男じゃなあ」

「ところで、御夢が『紀』に記されるのは、ようあることなんか？」

カマタリが、もうひとつ、かねてのものらしい疑問を口にした。（もしや、秦さんの先祖が、『紀』の選者に手を回して……）という、ありそうで、なさそうな勘繰りは、さすがに呑み下したらしい。

「ほかには見当たらん。まさにめづらしい伝えなのじゃ」

「なんで、その御夢が『紀』に記されたのやろ？」

「……撰者の思い入れ、やったのかもな」

「撰者の思い入れ？」

「御夢の伝えに託して、欽明天皇の貴い人となりを表わそうとしたのでなかろうか……己が思いを温めて、それを現《うつつ》の吉事《よごと》に成されたお方、上下や筋（血筋）の隔てなく善き人を取り立て、その優れた才と善き心ばせを用いて、新たな豊かな国を造ろうと励まれたお方というような、妙なるお人柄をな。

おのれが日嗣ぎたるお方に期《ご》すあらまほしき性、あるいは、貴い徳……というのは、色々あるのじゃろが……日嗣ぎのお方に寄せる己が厚い望みを御夢に託して世に伝えようとした。それをもって、日嗣ぎの筋の貴《あて》やかさを著わし、さらに、のちのちの天皇に本《ほん》を示そうとした。じゃから、あえて、欽明天皇の段のはじめという、人の目に留まるところに掲げた、ということでなかろうか」

「あの御門にも、そんな味のある人が居はるのか……」

「ときの帝も、直《じき》の祖である欽明天皇を崇めておられた。じゃから、欽明天皇の《翁を敬い、若きを慈しび、賢き人を礼《ゐやま》いたまう》お人柄をつぶさに語る御夢の伝えを天皇の段のはじめに掲げるという案に、すこぶる喜ばれた、ということかもな」

「そんな、貴いくだりに、大津父さんが選ばれたのか……」

「撰者が選んだのでない。欽明天皇がその名を御夢に聞こしたのじゃ、ふっふ」

「そもそも、欽明天皇は、大商人の大津父さんの商いの才をかねてお聞き及びで、いずれ召すつもりが、たまさか大津父さんの名を御夢に聞こしたとゆうことにして、にわかに召された、とか……」

「滅相な。日嗣ぎの皇子が、深草の商人のことなど、お聞き及びじゃったわけがなかろう。本家の棟梁ならまだしも、分家の者じゃしな」

ふと思いついたという口ぶりの、その実、もともと腹にあったらしいカマタリの勘繰りに、シムラが驚き、

「人を夢に見るのは、その人を想うて見るばかりでのうて、その人を慕う人がその人の夢に入《い》ってくるから、ともいうじゃろう」

と言って、そのとたんに、さっと顔をあげ、

「そうか……大津父は、われ知らず、欽明天皇の御夢にその名を伝えたのじゃ」

閃いたように、唸り、

「大津父は、継体天皇の嫡子である皇子のやむごとなきお人柄を遠く聞き及んでおって、心の奥で、われ知らず、いとう敬うておった。御許に仕えることなど、夢にも思うてなかったじゃろがな。その厚い思いを汲んだ大津父の夢の精魂が、天皇の御夢にうかごうて、さながら神の御言を告げるように、大津父の名と、その健気な心のうちを伝えたのじゃ」

(夢の精魂が、おのれで働いた?……)

「果たして、欽明天皇が御夢を奇縁と思し召して、大津父を召され、その客人の品と、商人の才を見取って、御許に仕えさせられた……大津父は、何心もないままに、おのれの、夢のように朧な、厚い望みを叶えたのじゃ。叶えるや、夢から醒めたように、甲斐甲斐しう働いた。そういう、穢れのない、厚い心ばせの男やったのじゃ。じゃからこそ、欽明天皇が愛でられたのじゃ」

と、突如また発見した嬉しい〝夢物語〟に舞いあがり、とうとうと言い立てた。

「河勝も同じじゃろな。嬰児じゃから、敬い慕う欽明天皇の御夢に、心安ううかごうたのじゃ、ふっふ」

（嬰児が、やむごとない天皇を慕うて、御夢にうかごうた？……）

「人と人の間には、夢の通い路という道があるというじゃろう。大津父も、いや、大津父の夢の精魂も、河勝も、その夢路《ゆめぢ》を伝うて、心から敬う欽明天皇の御夢にうかごうて、己が思いを届《とづ》けたのじゃ。その大津父と河勝の思いを、《翁を敬い、若きを慈しみ、賢き人を礼いたまう》欽明天皇が、しかと受けとめられたのじゃ、ふっふ」

「……この大津父さんと河勝さんの語り種は、どこまでも、夢に夢見るような、夢物語やなあ」

「はっはっは、夢が合う欽明天皇に愛でられた、夢を追うふたりの男のことじゃからな」


「人のことを思うたら、その人の夢に入れるのか……」

下種な勘繰りの種が尽きたのか、カマタリが思いだしたようにつぶやいて、いたずらな眼で巫女の艶っぽい横顔を盗み見た。

「かならずしも、そうは行かんじゃろな。先の人が厭《いと》えば、それまでじゃろ、ふっふ」

中老の悪ふざけを嫌ったモモナの気配を感じたシムラが、つれなくかわすと、

「現人神《あらひとがみ》の天皇が夢を見はるんなら、神さんも夢を見て、お告げを聞きはるのやろか？」

カマタリが、もうひとつ、思いつきのような口ぶりで意表をついた。女盛りの巫女をからかった悪ふざけを照れたのか、いまさらながら、口寄せの黒呪術に恐れをなして逃げ場を求めたのか、はたまた、味気ない口をきいた無粋なシムラに面あてしたのか……。

「……そういう伝えは、聞いたことも、読んだこともないなあ。神が、夢にお告げを聞く？……それ

は、逆さじゃろ。神は聞かせる方じゃ、はっはっは」

「けど、もし、その神さんに会いたいと思う神さんか、人がおって、夢の通い路やらを通って、その神さんの夢に入ってきたとしたら、どやろ？」

（？…………？……）

「合う夢、見たかろう」

カマタリに翻弄されるシムラを尻目に、モモナが静かに声をかけ、

「山の賊に会うて、身ぐるみをはがされ、穴《けつ》を蹴飛ばされて、臭い野壺《のつぼ》（肥溜）にぶち込まれる、とかあ……夜道を踏みはずして、ぎゃあぎゃあ喚きながら、くら谷の底にころげ落ちてゆく、とかあ」

苦労人を絵に描いたようなカマタリに似合いの悪夢をふたつ投げつけて、そっぽを向いた。下種な横目で盗み見た中老の悪ふざけを蹴散らしたのか、あるいは吾《あ》の夢に入らせて堪るかと突っぱねたのか……。

「かなんな、モモナは……けど、もし、いまゆうた夢の精魂が目エ覚まして、その夢が合《お》うて、われがそないな憂き目に合わされたら、どないしてくれるんや？……合う夢ゆうんは好《え》え夢ばっかりやないやろ。精魂も、幸《さきは》いを寄せる幸魂《さきたま》ばっかりやないやろ。恐ろしい祟りをする荒魂もあるゆうぞ。呪《のろ》いの魂は、かえって精が強い、ゆうからな」

カマタリがおどおどと買い言葉を返した。下種な中老のしっぺ返しを食ったモモナが目蓋のなかでうつろな目を漂わせ、かたわらで、シムラが首をかしげた。

（もっともな言い種のようじゃが、どこか、奇《あや》しい……どこが、怪しい？）

集め、集い

「秦さんは、どうゆうお家なんやろ？　種々《くさぐさ》の匠や、シムラのような薬師のほかにも、それぞれの道の人が多《さは》に居はるやろう」

「いろいろ、おるじゃろう、ふっふ」

カマタリの驚嘆まじりの好奇の声に、シムラがたちまち相好を崩した。

「……もともと、来帰人《まうけびと》の秦氏《はだのうぢ》の取りどころ（長所）は、唐土や韓の流れを汲む種々《くさぐさ》の技や才学に長けた才伎《てひと》や、道の者じゃった。その秀でた値が徒《あだ》にもなって、祖《おや》の弓月君のときに新羅に、二代の浦東君のときに葛城氏らに民を奪われたが、この上ない益《やう》じゃったことはいうまでもない。それが印に、いずれも、応神天皇と雄略天皇の御門からまことに貴いお恵みを賜って、願いどおりに取り返していただいたじゃろう」

「たしかに、益《やう》もない民なら、御軍《みいくさ》を出《い》だしてまで取り返してもらえなんだやろなあ」

「その民の値が、ときを経るほど高まり、六代目の大津父《おほつち》が秦伴造《はだのとものみやつこ》の姓を賜った。各々の部曲《かき》を率いる秦人が御門の伴に持て成され、大津父がそれらを統ぶ長に許されて、品の高い物作りや役をもって御門に仕えるまでになったのじゃ。七千戸《ななちへあまりへ》あまり、家人《いへびと》を合わすと幾万人、部曲《かき》を含めると十万《とをあまりよろず》を越える人数《にんじゅ》を率いてな」

「十万を越えた……」

「むかしの大倭には百八十部《ももあまりやそのとも》と呼ばれるほど、数多の部や伴があったそうじゃが、なかでも秦伴は、数、種《くさ》ともに際だって多かったらしい。

　秦の族《やから》の生業《なりはひ》はいまも広がっておって、山背での蚕飼《こが》いや機織、また、大道、河、寺、神社などの普請をはじめ、若狭での塩作り、筑紫での銅掘《あかがねほ》りと鍛冶、伊予での水銀《みづがね》掘り、彼方此方《をちこち》の丹生《にう》の地での朱砂《しゅしゃ》（赤色顔料）採りなど、種々の業《わざ》を営む」

「手末《たなすゑ》の物作りのみでのうて、世の礎を支える生業も多いのやなあ」

「各々の地に根を深う下ろし、末長う働くのが秦氏の習いじゃからな、ふっふ」

「そうゆうたら、この村のように、秦さんが集う里が彼方此方にあるなあ」

「秦人の在所は、畿内の大倭、河内、山背、摂津をはじめ、東山道（中山道）の近江や美濃、北陸道の越前や若狭、山陰道の丹波、山陽道の播磨や備前、南海道の讃岐や伊予、西海道の筑紫や豊前など、五畿七道（七つの地方行政区）の三十を越える国々の八十余りの郡《こほり》に及ぶそうじゃ」

「……聞きしに勝る広がりやな」

「かつて豊前には、秦王国と呼ばれた所もあったという……そのむかし、推古天皇の御門が、唐土《もろこし》の随という国に使いを遣《つかは》し、その使いに付いて随から参来《まうけ》た裴世清《はいせいせい》という官《つかさ》が故国《くに》に沙汰した表《ふみ》のなかにそうあるそうじゃ」

「むかしの秦さんには、唐土の皇帝《みかど》の末葉やからと、王さんを名乗った人がおったのか？」

「はっはっは……豊前の香春《かわら》という山で秦の族が銅《あかがね》を採っておって、それがすこぶる栄えたそうじゃ。秦王国は、その地を呼んだものというが、秦の故国《くに》の秦《しん》から渡ってきた、ほかの秦人が建てた国ともいう。定かなところは分からんらしい、ふっふ」

「ともかく、秦さんは、人といい、里といい、ほかにないほど多い……肝魂《きもつたま》でもって、新羅から人夫を取り返してもろうた弓月君や、直路《ひたみち》に待ちつづけて民を奪い返してもろうた執《しふ》の酒公、なに心もなしに氏《うぢ》の名ァを上げた、おおどかな大津父さん……そうゆうご先祖らの働きがそれほど大きかった、ゆうことやろなあ」

「それと、河勝もな、ふっふ。たしかに、その四人《よたり》の祖《おや》の働きは大きかったじゃろ。みな秦の氏神に祭られるからな。が、氏というのは、長の働きのみで大きう成るものでのうて、一族郎党が、寄ってたかって育てるものじゃろう。みなで家子《けご》を育て、氏を育てるものじゃ。秦氏は、その好《え》え例《ためし》のように思える」

「たしかに、秦さんはみな家子をよう養うなあ。お家同士《どち》の仲らいも好《え》え。秦さんほど大きい氏となると、長の見及ぶところは限られるやろから、みなで手分けもせんとなあ……われ所《とこ》なんか、子も孫も一人きりやから、長もなにもあったもんやない。家子なんか、育てようもない、くっく」

「秦も、一戸一戸はさして大きうはない。われの所も貧のわれひとりじゃ、ふっふ」

「シムラは、妻《め》というものに、とんと係わりのない、もとからの寡夫《やもを》やもんなあ。わけは知らんし、寡夫のわれがゆうのも何《なん》やけど……」

「薬と故事《ふること》を辿るのにかまけて、心づいたら、この齢《よはひ》になっておった、はっはっは」

「秦さんがこれほど大きうなった裏には、なんぞ、人知れん由でもあったんやろか？」

〝世間通〟の関心は、いうまでもなく、ここにある。

「……たしかに、秦氏は大きい。が、みながみな、もともとの親族《うから》、族《やから》というわけでない。というより、おおかたが次《すが》ひ次ひに秦に寄り合《お》うてきた余所人《よそびと》じゃ。寄り合うて、大きうなった氏……それが、秦氏なのじゃ。由といえば、それが、由じゃろな」

シムラが、満面に笑みを浮かべた。これぞ、我が愛してやまない秦氏の〝素性〟である。いつか語りたい、と胸のうちに温めてきた〝宝の家風〟なのである。

「……秦さんは、一族《ひとぞう》やない、ゆうことか？」

「一族は一族じゃ。が、筋（血縁）で成る氏でない。いろいろな衆の寄り合いなのじゃ」

「……なんで、余所の者らが寄り合うたのやろ？」

カマタリが首をかしげた。意外な、というより、要の得ない言い種に違いない。

「世過ぎ、身過ぎのためじゃろ……祖らには、韓《から》から死に身で渡ってきたこの大倭に、国人《くにびと》が代々継ぐような地《ぢ》や宝（財産）なぞなかった。が、人があった。唐土や韓の流れを汲む優れた技や才に長けた一族郎党じゃな。韓を流浪するなかで、みなで育んできた才伎や各々の道の者じゃ。人のみが持てる宝、人のみが世を渡るための只ひとつの便《よすが》（より所）じゃった」

（人が宝……）

「祖らは、大倭の彼方此方に行き向かい、その技や才をもって生業《なりはひ》を興した。渡り歩くのは得手じゃったからな、ふっふ。その生業を、さらに広げるために人を集めた。地も、宝も、頼る先もない来帰人らが、この大倭で生き延びるには、ほかの、寄る辺のない来帰人らと寄りあい、みなで心と力を合わすほかにない……そう思い定めて、心を広げ、家の這入《はひ》りを開いて、今来（新参）の来帰人を呼び入れ、また、集うたのじゃろ。

来帰人ばかりでない。新たな郷に入《い》ると、ところの衆も集めて新治《にひばり》（新開地）を墾《は》った。大化の元年に改新之詔《はじめのとしあたらしきにあらたむるみことのり》が宣《のたま》まれて班田や戸籍《へのふみた》の制が改められたが、その前は、地も取り込みやすく、民も集めやすかったのじゃろな、ふっふ。

人を集め、衆が秦に集うてだんだん力が増すと、世に成りあがりたいという思いがさらに強うなり、いよいよ人集めに勤しみだした、ということじゃろな」

「そらまあ、寄り合うたほうが力が増すし、心強いやろけど、そやからゆうて、余所人を集めたり、余所人と集うたりするやろか？……人は、宝ゆうたら、宝やろけど、貧の百姓は家子《けこ》を養うのが力の限りや。余所人を宝などとは思えん。まして、家に入れて食わすてな、細やかな親身《しんみ》などやってられん。いや、貧より、豊かな家《うち》ほど門詰《かどづめ》（敷居）が高い。要《えう》のない余所者なんか、家《うち》に入れんやろう？」

カマタリがあざ笑うような声で、難癖をつけると、

「そこが、来帰人なればこその心ばえやったのじゃろな」

待っていたように、シムラが返し、

「地も、宝も、寄る辺もない、ないない尽くしの弱みを、強みに成したのじゃろ。己の心勢いと才覚のみが頼りの来帰人が思いついた極めの業《わざ》というか、ありったけの世智を働かせて捻りだした極めの方便《たづき》、持たざる者、弱き者に残された只《たった》ひとつの術《すべ》……それが、人を集め、また、人と集うてみなで生きぬくという手立てやったのじゃろ」

と、頬笑んだ。不屈ひとすじに生きた先祖たちが途轍もなく頼もしいのである。

「そら、まあ、なんとも健気な心ばせや、けど……」

「それに、ただ守るのでのうて、己が強みを極《きは》まで働かす詮（選択肢）でもあったじゃろしな。もともとあった技や才の値をさらに伸ばし、働かすという際めの方便《たづき》じゃ……祖らが韓から持ち込んだ技や才には、おのずと限りがあった。いずれ、古びもする。御門の御恩を賜って氏の礎を築いた弓月君らも、ようよう氏を建て直した酒公らも、先行きは心細かったじゃろ。

で、今来《いまき》の来帰人を呼び込み、その技や才を取り込んだ。その新たな技や才をみなで持ち合い、親族、族に学《まね》ばせ、生業を伸ばした。また、新たな地に入ると、ところの衆を集め、その手と力を頼み、才伎に育てもした。親族と族、来帰人と国人などという隔てなしに、みなで、ともに生業を興し、家人《いへびと》の技や才を育てた……そういう業《わざ》を重ねるうちに、それが、いつしか秦に集う者の習いになり、家風《いへのかぜ》になった、ということじゃろな」

「みなで、能を育てた、か……いよいよめづらしい家ゆうか、聞いたこともない家風やなあ。けど、知らん者同士《どち》が、そうそう心安う集まるやろか？　なかには、もの難しい奴もおるやろう」

心を動かされだしたらしいカマタリがなお繰り言した。世の冷たいの波に揉まれる百姓には、なんとも憂き世離れした言い種に違いない。

「心安うというのでのうて、身寄りのない心細い者同士じゃから、寄り合うたのじゃろな。頼れる寄る辺があれば、余所人などと寄り合うまでもないじゃろう」

「たしかに、おおかたの家は、親《しん》(身内)で固める。われの周りは、みなそうやった。われが入る隙間は、どこにもなかった。われひとりで、生き延びるほかなかった……」

「人はひとりで生きられるものではない。世の中あっての人じゃ。群れようと、群れまいと、人の世でしか生きられん弱いものじゃ……まして、地も、宝も、寄る辺もなかった祖《おや》らじゃ。ほかの弱い者らと寄り添うて、生きてゆくほかなかったのじゃろ」

「そうゆうたら、親を亡くし、親族からも見放されたわれも、同《おん》じみな《な》し児らの群れのなかで生き延びた……みな、食《け》を奪い合う敵《あた》やったが、危《あや》ういときは黙《もだ》したまんま、目で教え合《お》うた。みなで連れもて、死にぐるいに、逃げまくった。倒《こ》けたら、泣きながら、震える手で引き起こす痴《をこ》なお人好しもおった。彼奴《あいつ》らがおらなんだら、われは……」

突如、カマタリが声を潤ませ、かたわらで、瞑想中のモモナが照れ笑いを隠した。

「もっとも、強いて秦の部に入れられた者も多《さは》におったようじゃがな」

「やろう。むかしの部曲《かき》ゆうのが、それやろう。いまの代も、上辺はともかく、じつは奴婢ゆうのが多《さは》におる。秦さんも、むかし……」

うって変わったように、カマタリが遠慮がちながら非難めいた口を利いた。根が僻み屋なのである。

「が、寄せ集められた者も、秦で煩うたわけでない。というより、秦に入《い》ると、まがりなりにも貧から浮かばれた。わずかながら煙《けぶり》（生計）の糧が増したそうじゃ。かく言うわれを拾うて、育ててくれた〝親〟も、とある部曲の末葉じゃった。大化になされた改新之詔《あたらしきにあらたむみことのり》ののち、良民（公民）にあげられ、秦に名を連ねるようになったそうじゃ」

みながさっと顔を上げ、常より親しげにシムラを見た。

……シムラには、幼いころの鮮烈な記憶がある。三歳、おそらく、まだ四歳になってなかったころのことである。

シムラが心から慕い、また、シムラをこよなく慈しんでくれた姉が重い瘡《かさ》（天然痘）に罹り、もはやというとき、父が、とある薬師に泣きついて来てもらった。のちに知ったことだが、秦氏の末端に連なる、近在に知れ渡った名医で、「貧からは薬代《やくしろ》を取らん」と名高い篤実の人だった。

薬師は姉を見るなり、険しい顔で治療にかかり、その寝ずの看病で、姉は一命を取りとめた。が、予断は許さないと、庵で看病を続けることになり、父と叔父が姉を戸板に乗せて運んだ。シムラも薬師に手を引かれ、半日かかりで、この秦庄にたどり着いた。

これも後に、うすうす知ったことだが、シムラの姉を気遣う心ばせ、要領を得ないながら、必死に看病を手伝おうとする気立てに感心したのだろう。薬師がシムラを引き取って一人前に育てるという話を持ちかけ、父が喜んでそれを受けたらしい。〝口減らし〟が常づね頭にこびりつく貧の百姓には、渡りの舟の話だったに違いない。

その日から、シムラは厳格な暮らしに入った。仕付けられたわけでない。幼いなりに、みずから師と仰いだ薬師の作法を懸命に真似た。手と顔を洗い、うがいをし、ものを片づけ、粗食に手を合わせ、何ごともよく観察するという無言の教えに新鮮な感動を覚えた。

三日後、姉は迎えの父と帰っていった。振りむくことすらできず、ひたすら肩で泣きじゃくりながら去っていった姉を見たのが、〝肉親〟を見た最後の記憶である。

姉を気遣いながら、必死についてきたシムラには、帰り道が分からなかった。いや、帰らない、ここで人の病を治す薬師になる……と幼心に決めていた。

父も母も二度と訪ねてこなかった。捨てたという後ろめたさでも、里心をつけてはいけないという親心でもなかっただろう。善き人に託せたという安堵と、健《すこ》やかに、好い薬師に育ってくれという涙の決別、であったに違いない。そう固く信じている……。

「人を集めるゆうても、どうやって？」

ご先祖らの心情は分かったが、というカマタリの訝しげな声に、

「秦には、むかしから河勝に習う秦人が多《さは》におった。人をよう労わる〝小河勝〟じゃな。いや、河勝が、秦人らに習いながら育ったのかもな、ふっふ。はじめは、そういう親族、族が今来の来帰人やところの衆を説いて、秦に呼び入れたのじゃろ。また、頼りにされ、おのずと周りに人が集まったのじゃろな」

シムラが声を弾ませた。これも、嬉しい〝自信の解〟なのである。

「おちこちに小河勝さんがいてはった、か……そうゆうたら、シムラも小河勝やな。頼み甲斐がある。シムラにかかっといたら、死んでからも、病を養生してもらえそうや。あとあと心がかりない」

なにかと疑り深いカマタリも、秦氏の頼もしい気風に心が弾みだしたらしい。

「もっとも、人の力のみで事が足りるわけでない。技じゃ、才じゃ、労りの心づかいじゃと言うても、人の力には限りがある……われにも、帰らぬ人の病は治せん、ふっふ」

「さよか……となると、うかうか死ねんなあ。死ぬんは病を治してからにせんと、病が一生ものどころか、後生《ごしやう》ものになる。あの世でもわずらう」

調子づいたカマタリの饒舌に、エツメとキキがこくこく頷き、ふと、その首をかしげた。

「人の力には限りがある。が、そこに信仰《しんがう》が加わると、趣がおのずと変わる。神社や寺には、衆がいそしんで参りなさるじゃろう。

秦は、氏神のほかに稲荷、松尾、八幡、白山などの神々を崇め、ここかしこに数え切れんほどの祠や神社を祀る。推古天皇の御代には、河勝が、太子に千手観音菩薩の御像《みかた》を賜ってこの村の秦楽寺を建て、また、弥勒の御像を賜って山背の葛野《かどの》に蜂岡寺《はちおかでら》（現、広隆寺）を建てた……秦に連なる者はみな、身ィひとつで渡ってきた祖らの労《いたつ》きを聞き知るゆえ、神や仏をひときわ篤う崇め、頼むのじゃろな。その秦の祭る神社や寺には、ところの衆もしげしげ詣《まう》でなさる。おのずと、秦に近こうなる」

「たしかに、秦さんほど、神さんを祭る氏はないな。祭るんは、稲荷やら八幡やら、みな広う崇められる神さんや。そらあ、ところの衆も参りなさるわなあ。とりわけ、生業の神さんを祭る伏見の稲荷神社。彼処《あこ》には、引きも切らず衆が詣でる。宝に惹かれ、賑わいに誘われ……着飾った女性《によしよう》も多《さは》に参りなさる、くっく」

カマタリの嬌声に、エツメがさっと目蓋を上げた（直《ぢき》にも詣でたい、旅衣《たびのきぬ》は……）。

かたわらで、キキがにこにこと柏手《かしわで》を打ち、手っとり早く遥拝をすませた。

「集め、集うというのは、なかなか利や益《やう》があるものじゃろう。ふたりが集えば、力は三人《みたり》ほどのものにもなる。互《かたみ》に足らんところを助け合えるからな」

「力を合わしたら、一人でやるより心も軽うなる。ふたりの心が四人《よたり》ほどのものになる」

「さすがカマタリ、甘《うま》いことを言う、ふっふ……祖らは、みなで寄り添うて生き、いずれ世に成り上がるという思いをひとつに、人を集め、人と集うて、心と力を合わせた。集め、集う利と益をたな知ると、いよいよ人寄せに勤しみだした。おのずと、人を寄せる拵えが調い、知や骨《こつ》も蓄った」

「勢いがつくと、どんどん行くもんなあ……好《え》え方にも、悪い方にも……」

「群れ立つというように、人は寄って暮らすものじゃ。我が身を守り、また、生きる糧を得るために寄る。おのずと、安らげるところ、頼り甲斐のあるところ、糧を得られるところに寄る。で、親族、族の隔てなく、ともに支え合うて生業を起こし、家人を育てるという習いの秦が、寄る辺のない今来の来帰人や、世過ぎ口過ぎに労《いたつ》く地の衆のまたない拠り所になって、衆がいよいよ秦に寄り合いだした……韓から渡りきた祖らの、この終の拠り所の大《おほ》倭で住み果すという思いと、その方便が、ときの厳しい世に労く人々の心にひたと添うた、ということじゃろな」

「秦さんは、むかしから、ほかにない好《え》え家やったんやろな。なんとも妙やけど、まことに尊《たっと》い、直《じき》にも逃げ込みとうになるような、温かい家やったんやろなあ」

シムラの楽しげな熱弁に、カマタリがようやく得心し、

「そうか、秦さんは、世過ぎ身過ぎに労く弱い衆が、互《かたみ》の心と力を頼んで、寄り合うて大きうなった

家やったんや。たしかに、寄り合わんことには、そうそう大きうなれんわなあ。なんぼ、親族、族がみなで子作りに励んでも、たかが知れてるもんなあ。子作り争いに勝って大和で一、二を争う大きな氏に成りあがった、てなわけはないわなあ」

と、いまさらながら感心すると、エツメが呆れたような目でカマタリを睨み、ふと、頬を染めた。

（こいつ、そんな風に、思うておったのか……そういえば、吾《わ》も、はじめ……）

「秦さんのご先祖は、韓《から》を逃れ歩いてたむかしから、みなで寄り添い、支えおうてきたんやろな。そうやから、あの異国《ことくに》の険しい軍《いくさ》の只なかを生き延びられたんやろ」

「じゃろな。唐土を落ち延びたころからじゃろな」

カマタリの思いつきに、シムラがふと閃いたように目を輝かせ、

「修羅場を逃れ歩くうちに、みなで支え合う心がいよいよ強うなったのじゃろな。それが印に、弓月君らは、大倭に来帰るや、ただちに、あの御門に人夫を新羅から取り返していただきたいと願いでた。みなで、ともに生きぬくという厚い思いが一族郎党の心に根づいておったればこその、雄々しい、優しい業やったのじゃろ。ただ人夫が惜しい、という欲心ばかりで為せるような、軽々しい業でなかったじゃろからな」

と、あらためて祖らの厚い心情に思いを馳せ、ひとりでこくこく頷いた。

「やろなあ。そのご先祖らの思いが、いまも、みなさんの心の隅《くま》に染みついて、しっかと生きてるんやろな……いまの秦さんも、皆さんがしっかと結ばれてはるもんなあ」

「祖《おや》らの思いが、伝えでのうて、実《じち》の覚え（記憶）のように末葉の心の隅《くま》に息づいてるということか……さすがカマタリ。甘《うま》いことを言う。それこそ、まさに心の筋じゃな」

「やろう。その祖から祖につないできた心の筋が縦様《たてさま》の筋やとしたら、代々の一族郎党の皆さんがともに紡いできた心の絆は横様の筋やろな。その縦様と横様のふたつの筋が、秦さんゆう、渥しい、優しい氏を織りあげてきたんやろう……まさに秦の物、秦物や」

「秦物、か……さすがに機物屋じゃなあ。いよいよ好えことを教えてくれた」

心の壺をぐいぐい押しまくられたシムラが、思わず知らず声を潤ませ、

「そういえば、いまも、みなで、その秦物を織っておるようじゃ……律令や戸籍が上辺なりとも整うて、地も民も国の下にあるいまの代、随に民を集めたり、新治《にひばり》を開いたりするようなことは許されん。秦の誰にも、そんな下心はないじゃろ。

が、秦を名乗る家は、いまも増えつづけておるそうじゃ。その、人が秦に集いつづける元が、秦に息づく心の絆なのじゃろな。祭りや、河の堰造りなどの大きな営みのときは、《大人も、子もたちまち集い、日ならず、それを成す》といわれる絆じゃ。銭や食《け》のみでのうて、力やら、知やら、何もかもを惜しみなく出《い》だし合う縁《よすが》なのじゃ」

と、言い足して、うんうん頷いた。われしらず「絆」と「縁」に力を込める。

「羨ましいほど、好え家風《いへのかぜ》やなあ……われなんか、頼る先もない」

「そういう習わしは、秦氏のなかのみでのうて、外の者にも通うておる。じゃからこそ、いまなお、彼方此方で、秦を名乗る者が増え続けておるのじゃろ」

「そうゆうたら、シムラも、貧からは薬の代《しろ》を取らんもんな。〈これほど欲が浅うては、物に成らん〉ゆうて、師の翁が諦めたんやろう？」

「その翁も欲が浅かった、はっは……そういえば、祖の弓月君は、故地《くに》の加羅で融通王《ゆづうのおう》を名乗った人という。融通というのは、滞りなく通るということじゃが、異なるものが一つに溶け合うとか、人が互《かたみ》にやり繰りし合うこともいう。秦の祖は、その、みなが一つになって、みなで助けあうという心ばえを、己が名に告《の》った人なのじゃろな。

いや、父の功満君が、一族郎党の習いとして教え伝えたものかも知れん……それが印に、弓月君と一族郎党は、その心ばえを、この大倭で、たちまち見事に働かせた。そういう祖らの心ばえを、いまも末葉がしっかと継ぐのじゃろな」

「来帰人の氏ゆうんは、皆さん、そうゆう寄り合い風の家なんやろか？」

カマタリが、もうひとつ、おのれの世間通を耕しにかかると、

「多かれ、少なかれ、そうらしい。氏によって有り様がやや異なるようじゃが……」

呼び水を得たように、シムラが史家の顔になり、日ごろ蓄えた記憶を手繰《たぐ》り寄せた。

「かつて、秦氏や文氏《ふみのうぢ》らとともに、御門の斎蔵《いみくら》、内蔵《うちくら》、大蔵《おおくら》の三蔵《みつのくら》を預かった大きな氏の東漢《やまとのあや》じゃが、その家風は、種々の生業を営む秦とはまったく違《たご》うたらしい。

東漢には、韓《から》から渡り来たころから御門で三韓《みつのからくに》とのやり取りなどに仕える者が多く、次《す》ひ次ひに、三蔵などで書や算などの才を振るう者が増した。大きな豪族に依る者も増え、まず、いにしえの大臣

家の葛城氏に依り、あるいは、取り込まれ、その葛城氏の円大臣が滅ぼされると、つぎに大連家の大伴氏に寄り、その金村が御門を辞すと、のちに大臣に成り上った蘇我氏に依って、武略と才覚を振るうようになった。

そういう家柄ゆえじゃろな。東漢は、その東《やまと》という名の通り、大倭、なかでも明日香の檜前《ひのくま》に集い、国の四方《よも》に根を広げる方には向かわなんだようじゃ。というても、一つの氏でのうて、いくつもの漢人《あやひと》が、東漢の名のもとに並び立つような集まりじゃったらしい。それが印に、東漢には、氏を統ぶ漢造《あやのみやつこ》という名の姓を賜った長はおらんようじゃ。また、秦と違うて、東漢では上下の序《つい》でも露わじゃったようで、各々の長らは、村の主という名の、村主《すぐり》を名乗った。秦は、それに勝《すぐり》を当てた。一族のうちがやや平らかな秦に比べ、東漢は縦様の一族やったのじゃろな。

ほかに名の聞こえた氏に、百済との掛けあいに働いた難波吉士《なにはのきし》、御門の屯倉《みやけ》を預かった三宅、書算の才をもって仕えた西文《かはちのふみ》、河内の漢人《あやびと》を率いた西漢《かわちのあや》、同じく河内に勢いを張った白猪《しらい》や葛井《ふじい》、故国《くに》を名告った百済、品部の名をそのまま名乗った鞍作《くらつくり》、鏡作《かがみつくり》、陶《すえ》、錦織《にしごり》などがあった。

いま、来帰人の末葉を名告る氏は都合で三百を下らんそうじゃ。畿内にある氏の三つか四つに一つは来帰人の氏という。そのいずれも今来の来帰人や所の衆を集めたようじゃ。が、秦ほど氏人を増したり、在所を広げた氏はほかになさそうじゃ」

「氏の三つか四つに一つ、か……来帰人の氏ゆうのは、思いのほか多いんやなあ。代々の地を継ぐ国人でも労《いたつ》くのに、来帰人の末葉がよう氏を名乗るまでに成り上がれたなあ」

「……唐土や韓の流れを汲む技や才がときの大倭で宝とされた。また、人を宝と貴び、その能を育てる習いがときの世の要《えう》に合うて、便《びん》よう働いた、ということじゃろな」

「まさに、人は宝、か……それにしても、来帰人の氏は多いんやなあ。そのむかし、韓や唐土のおちこちから様々《やうやう》な人が多《さは》に渡ってきた、ゆうことやろな……むかしの大倭は、いろんな故国《くに》の人がそれぞれの言《こと》や習いのまんまに、おちこちに群れ住むような所《とこ》やったんやろか。さながら、外国《とつくに》を寄せ集めたように……」

「秦の祖《おや》らも渡ってきたころは、家の内では韓語《からさえずり》、外では大倭の言葉を使うたらしい」

「ふたつの言葉を使うて暮らしてたのか。大倭は、なかなか面白《おもろ》い所《とこ》やったんやなあ、くっく……いや、怖い所やったんやろか。言も心も違《たが》う人と人が、入り混じって暮らすゆうのは、互《かたみ》に気疎《けうと》いもんやろう。みな、心のうちで、気《け》恐ろしい思いをしながら、怖ずおずと暮らしてたんやろか？」

人の情けない性《さが》を知り尽くす苦労人のカマタリが、声をひそめた。

「……とりどりの人が入り交じって暮らすのが常、というような世じゃったように思うがなあ」

日々、夢中になって、薬学といにしえ探訪に勤しむシムラは、屈託がない。

「国人にしろ、来帰人にしろ、筋や故郷《くに》は、それぞれに違うじゃろ。言も心も違う人と人が入り混じる世の中に住まうとなると、互の習いやら心ばせやらを弁《わきま》え、受け入れてゆくほかないじゃろ。まさか、いちいち争うわけにもゆくまい。国人も、来帰人も、世の有り様に合わせて、和やかに暮らしておったのでなかろうかな」

「そうゆうたら、人の身になって我が身を見たら、我が形《なり》がよう見える、ゆうなあ」

「さすがカマタリ、好《え》え世知を知ってる……それに、一口に来帰人というても、ときをかけてちっとずつ渡ってきたもので、ひとたびに渡ってきたものでない。また、安堵の住処を求めてやってきたものので、攻めてきたものでもない。今来の来帰人も、国人や、先に住みついておった来帰人らに恐れられたり、憎まれたりする謂われはなかったじゃろ。ちっとは怪しげに見られたじゃろがな、ふっふ。ましても、今来の来帰人の技や才はときの世の宝じゃった。大宮《おほみや》や大道《おほみち》、池、溝《せせなぎ》の普請、馬飼い、鉄《あかがね》作りなど、物作りや書、算のほかにも種々《くさぐさ》のめづらしい優れた技や才を持つ者が多《さは》におったじゃろからな。御門は、種々《くさぐさ》の部を置いて才伎を集め、豪族らもその才と技を求めた。むかし、御門と並び立った葛城氏も、のちの代に大臣《おほおみ》にのぼり詰めた蘇我氏も、東漢や秦などが持つ技や才を巧みに用いて勢いを増したものじゃ。

来帰人の方も、その御門や豪族を頼みとしたじゃろ。ほかにない拠り所やったじゃろな。いずれ、来帰人と御門や豪家は、互に満たし合う仲らいやったのでなかろうか」

「持ちつ持たれつ、やったか……いにしえの大倭は、住み好い、好《え》えとこやったんかなあ」

「おほどかな、住みやすい国やったじゃろな。空いた野も広かったじゃろしな。応神天皇の御代に、数多の来帰人が終の住処を求めて渡ってきたのが、その証《しる》しじゃろ」

「のどかな、好《え》え国やったんやろなあ……いまはむかしの、優しい国やった、か」

「……いまの大倭の才や技、文、徳などは、もともと大倭にあったものに、来帰人が持ち込んだものが融け合うて成ったものじゃ。大倭は、とりどりの人が交じらい、国の内と外のいろいろな技や才を和《あ》えて成った国なのじゃな。われらも、そのお零れにあずかっておる。薬師も、商人もな、ふっふ……むかしが良かったから、いまが好いのじゃろ」

「まあ、そうなんやろな……シムラは、人が好《え》えから、なんでも良《え》えように取れる。羨ましい……ゆうても、われなんかが、そんな性《しょう》を真似たら、この世を渡ってゆけんけどな」

「翁にも危ぶまれた。はっはっは」

「まあ、むかしは国人も今来の来帰人も、互《かたみ》に折り合いをつけ、互の取り所を持ち寄って、穏やかに暮らしてたんやろな。人と人とは、つかず離れず、ほどほどに交じろうてゆくほかないもんな……みなし児あがりがゆうのも、なんやけど……」

「人と人は、つかず離れず、ほどほどに、か……それも好《え》え世知じゃな。さすが客あしらいに労《いたつ》きを積んだ商人じゃ。いよいよ良《え》えことを言う。そういえば、秦の者はいまも、つかず離れず、ほどほどにつながっておるようじゃ。いまの世、秦というのは、事があれば、ここに集えという標のようなものなのかもな。雨の日も、風の日も巷に立つ、秦という名の、旗のようなものなのじゃろ。支えおうて暮らすうちに、秦氏の風や習わしも熟れて丸《まろ》らかになり、好《え》え大人に育ったのじゃろな……またた、カマタリに好《え》えことを聞いたなあ」


……平安初期に編纂された『新撰姓氏録』は、京・畿内に所在する千百八十二氏を、その出自や家系によって「皇別」（天皇家の分家の末裔）三百三十五氏、「神別」（神代の神々の末裔）四百四氏、「諸蕃」（渡来系氏族の末裔）三百二十六氏、および「系譜不明」百十七氏に分けて収録する……。

「さて、わずか十五歳にして、欽明天皇から秦《はだ》の姓《しやう》を賜った河勝じゃが……」

「いよいよ河勝さんやな、楽しみや……けど、シムラは、河勝さんの名ァを出《い》だす度《たんび》に目尻を下げるなあ。さぞ、敬うご先祖なんやろな」

「わればかりでない。秦に連なるものは、みな河勝を慕い敬う。音に聞こえた、心優しい益荒男《ますらお》じゃからな、ふっふ。それに、河勝は、秦氏で最後に造《みやつこ》の姓《かばね》を賜った長じゃから、ことさら心に染みるのじゃろ」

「ん？……秦さんは、河勝さんのあと、落ちぶれたのか？」

シムラが何気なく口にした意外な言い種に、カマタリがしゃがれ声を裏返した。

「世が変わったのじゃ。大化二年に宣《のたま》われた改新之詔《あらたしきにあらたむるみことのり》ののち、律令と八色姓《やくさのかばね》が調えられ、氏々が支える旧い御門から、官《つかさ》それぞれが仕える新たな御門に変わった。形の上にしろな、ふっふ。秦氏を統ぶ造という姓も無《の》うなって、氏の主だった者や優れた者は忌寸《いみき》などの姓を賜るようになった。ときとともに、秦の母屋がいくつもに枝分かれし、ひとりの長が秦氏を統べるような氏でのうなったしな」

「そらあ、いつまでも、ひとりの長が統べるような、小さい氏やないやろなあ。親族《うから》、族《やから》にその家子《けご》を合わすと、幾万人にもなるんやろう」

「その、最後の秦造を賜った河勝も、あの弓月君や酒公、また、大津父に劣らず好《え》え男じゃったらしい。なにしろ太子に愛でられたほどの男じゃからな、はっはっは」

史家が、少々ずれた言い様で悦に入った。〔河勝〕は、理屈ぬきに好きなのである。

「強うて、情け深い人やったて聞くなあ。いろいろに秀でて優れた人やったんやろう？」

「種々《くさぐさ》の業を巧みにこなす天骨《てんこつ》（天性の才能）を持っておったらしい……さながら宿神《しゆくじん》が懸かったようにな、ふっふ」

カマタリの飛び切りの誉め言葉に語り心をくすぐられたシムラが、思わず、〔宿神〕という神霊を持ちだして河勝の異才を称えた。ふと（いい過ぎか）と口ごもったが、（河勝のことじゃ。これぐらいは良かろう。並みの譬えでは飽き足りん）と、何食わぬ顔で笑い過ごした。

「宿神がかかってた？」

浮かれさせた当のカマタリが、シムラの異様なはしゃぎぶりに金壺眼を丸めると、

「宿神の宿は、星の宿り（星座）のことという。宿神は、星の宿りの神なのじゃろな。彼方此方《をちこち》の祠や社で神々が祀られるはるか前から崇められてきた神という。折につけて、人に懸かり、かかった人を鮮やかに働かせるという、まことに奇特《きどく》（霊妙）な神らしい」

いっそう乗せられたシムラが、片時のためらいを忘れさって、宿神に熱中しだした。

「……お星さんの神さんが、天《あめ》の社《やしろ》から飛び降りてきて、河勝さんに懸かったのか？」

カマタリが、金壺眼を屋根裏にあげ、それを、すとんと竹敷きに落した。またも夢見るような語り口になりだしたシムラを急き立てるのだ。

「……宿神は、ときに天から降りてきて、老い木に宿るらしい。その木の枝から世を眺めておって、ものの上手《じやうず》が一心に業《わざ》に取りかかると、その上手に懸かり、神がかりのような妙《たへ》なる業をなさせるという……魂《たま》、のような神なのじゃろな」

シムラは急きも慌てもしない。根が凝り性、没頭性なのである。

「魂のような神さん？」

「……人には魂《たま》（霊）がある。命の本である息《い》の霊《ち》の霊じゃな。魂が身から去ると、人は身罷《みまか》る。じゃから、薬師が、魂鎮《たましづめ》の呪《まじな》いをして魂を身にとどめ、その人を永らえさせる……いうても、われは、呪いの方は得手でないがな、ふっふ。

人の身から去った魂は、御霊《みたま》（神霊）になる。人々が祖《おや》の御霊と崇める、あの魂じゃな。御霊のミは、尊いの御じゃが、美のミでもある。人の身から抜けた魂は、尊い、美しい御霊と敬われ、神の霊として崇められるのじゃな」

シムラが、宿神から霊魂へ想を広げて、精霊の世界に浸りだした。霊感働きが苦手という珍奇な巫医ながら、根は古代人一般と変らないのである。森羅万象に精霊が宿り、その霊妙な働きによって、すべてが動かされているという〔精霊信仰〕に漬っているのだ。

「また、思わぬ災いによって悔しい最期を遂げた人の魂は怨霊になり、人に祟る。じゃから、その怨霊も神として祭り、鎮める」

怖がり屋のエツメとキキがぞっと首をすくめ、瞑想中のモモナが耳をそばだてた。

「人ばかりでない。生類にも魂がある。狼の魂は、大津父が敬うたように、大神と畏れられる。木にも、木霊《こだま》が宿る。じゃから、山に声を立てれば、そのまま返ってくる。木の精魂が人をからかうのかもな、ふっふ。稲も稲魂がある。人がその魂を尊び、謹んで、いただく。

いや、生類にかぎらず、この世のありとあらゆるものに魂がある。言には、言霊《ことだま》が宿る。じゃから、言を口に出《い》だすと、それが現《うつつ》のことになる。徒言《あだこと》（嘘）や愚痴などは努々《ゆめゆめ》言うべからず、という戒めの所以じゃな……」

「水に魂があるから、川が流れる。気（大気）に魂があるから、風がふく。地に魂があるから、草や木が育つ、ゆうなあ」

とりとめもなく語るシムラの意図が呑みこめないまま、カマタリが思いつきの相槌を打って先を急かした。

「宿神は、そういう魂、御霊のような神なのじゃろな。人の身や心（意志）、気（精神力）を働かす精魂のような神なのじゃろ……その宿神が折につけて河勝に懸かった、のじゃ、ふっふ」

（そうゆう語り種、やったのか……）

いつもながら思いつくままを語って楽しむシムラを、カマタリが呆れたように眺めた。

「……宿神は、どんな姿、形してるんやろ？」

カマタリが木戸越しに眼を走らせ、露草が藍色の花をつけはじめた道股《ちまた》に立つ柏木の梢《こずえ》をせわしなく探しはじめた。

（葉守《はもり》の神が坐《ま》しますゆう柏の木なら、宿神も宿るかも知れん……宿神は、あの梢で木霊や、葉守の神と寄り添うて、和《なご》やかに暮らしてるのやろか？）

「われも、宿神は見たことがない。神や精霊は、御姿は見えんじゃろう、ふっふ」

「吾《あ》には観《み》えた。白い十五夜（満月）に、いたずら童の目と鼻をつけたような愛らしいお顔じゃった。子猿のように、素早く梢を渡っていった……」

モモナがたまらず口をはさんだ。この世と霊界を行き来する口寄せ巫女は、人にもまして、精霊に目がないのだろう。めづらしく浮かれた様子で、子猿の駆ける真似をした……宿神そのものを透視したことがあるのか、あるいは、地の底に眠る女神や巫女を象った土偶を透視し、それに宿神の霊魂を感じ取ったのか……。

「モモナなら観えるのじゃろな……そうか、宿神はそういうお姿なのか」

大きな目を細めたシムラのかたわらで、新羅生まれのヒノが奥目を輝かせた。

（故郷《くに》の奥深い森なら、宿神が多《さは》に宿るやろなあ……）

ふと見ると、カマタリが目顔でモモナを指す。モモナは、すでに目を閉じ、鎮まっている。はっと気づいたヒノが、ぞっと身震いした。

（カマタリは、モモナのやった子猿の真似を笑うておるらしい……）

「宿神は、どうゆう上手に憑くのやろ？」

ヒノの怯えを見て、にわかに恐れをなした様子のカマタリが話の向きを変えた。

「散楽や蹴鞠《けまり》などの能のほか、軍《いくさ》、書、細工など、種々《くさぐさ》の技の上手にかかるそうじゃ……が、なんにでも、誰にでも、というのでない。宿神の種《くさ》は取りどりでな、それぞれに長じる能や技があって、その上手を選《え》ってかかるという」

「商いに長ず宿神もおるんやろか？　そんなんが懸かってくれたら大儲けやで、くっく」

「理《わり》なしじゃろ。煩悩まみれの凡骨《ぼんこつ》にかかる痴《をこ》な宿神はなかろう」

「きっついなあ、モモナは……」

「煩悩まみれの凡骨、か……言い得て妙《めう》じゃな、はっはっは」

吹きだすシムラのかたわらで、ヒノがまた身震いした。

(聞いたとおりや。口寄せ巫女は、目を閉じてても、周りの様子が見えるのや。モモナは、カマタリが嘲笑うたのを、心の眼でしっかと見たのや……)

「けど、神さんに仕える巫女が、煩悩なんちゅう、仏法の言を使うて善《え》えのか？」

カマタリが恐る恐る逆手を取ってやり返した。いつもの、答えるには面倒な、そのわりに瑣末な、駄弁に紛れる言いがかりである。モモナが聞こえぬふりを決め込むと、

「河勝さんには、どんな宿神がかかってたのやろ？」

カマタリがそそくさと話を戻した。もともと、己れで噂を撒きちらし、それが時おり木霊になって返ってくる口寄せ巫女の〝黒呪術〟を心から恐れているらしい。

「ときと、ところで用に立つ業《わざ》に長じる宿神がかかったそうじゃ。あるいは河勝が宿神を自在に操ったのか……ここぞというときに、これぞという業を難なく熟《こな》したという」

「宿神を自在に操った？……河勝さんは、鬼神《おにがみ》を使うて葛城《かづらき》の御山から吉野の金峰山《きんぶせん》に橋を架けさせたゆう、あの役小角《えんのおづの》（役行者）さながらの、仙人のような人やったのやろか？」

カマタリが声をひそめた。あの世に眠る修験道の祖の地獄耳をはばかるのだろう。葛城と吉野の山々に祭られる伝説的な呪術者は、この世の口寄せ巫女より恐ろしいに違いない。

……猿楽でいう式三番《しきさんば》の〔父尉《ちちのじょう》〕と〔三番叟《さんばそう》〕と〔翁《おきな》〕は、太陽と月と星にあたる舞である。それゆえ、〔翁〕を、星の宿りの神という意味を込めて、〔宿神〕とお呼びする。〔宿神〕の「宿」には、星の光が地上に降って人に宿り、あらゆる業を行なうという意味がある……。

金春禅竹《こんぱるぜんちく》（世阿弥の女婿。大和猿楽四座〔金春座〕中興の祖）著『明宿集』

「宿神を自在に操ったとか、あらゆる業をこなす通（神通力）を持っておったとかというと、言い過ぎかな、ふっふ……宿神のことはともあれ、河勝がいろいろな才に恵まれておったことは確からしい。ちと逆さまな言い種のようじゃが、河勝の末葉らも、それぞれに勝れた才があった。その末葉らが、みな、河勝をその道の元祖《もつつおや》と崇めるそうじゃ。ほかの祖を措いてな。それも、河勝が種々《くさぐさ》の才に恵まれておったことを仄めかすようなのじゃ」

カマタリが口にした「仙人」に、ますます浮き立ったシムラが、はにかみながら、いささか逆立ちじみた理屈を持ちだした。

「河勝に三人《みたり》の男子《をのこ》がおって、そのひとりが、散楽（のちに猿楽、さらに能と狂言に）の能者《のうじゃ》になった。その末葉が秦楽寺の前にある円満井《えんまい》座（のちの金春座）を営む。もうひとりは、伶人（楽人）になった。その末葉が難波《なには》の四天王寺に拠って百二十調を舞う。もうひとりは武士《もののふ》になった。その末葉が大倭長谷川党の兵《いくさ》（後の興福寺の僧兵）になって、この多郷の法貴寺に集う」

「上手ばっかりやな。そら、そんな達者らが元祖と仰ぐんなら、河勝さんは、その道に優れた才を持ってはったんやろなあ……そうゆうたら、あの円満井座の祖《おや》が河勝さん、ゆうのは聞いたことがあるけど、どうゆう由《よし》なんやろ？　散楽は外国《とつくに》から来た能なんやろう？」

「片方《かたへ》はな……円満井座の族《やから》によると、散楽は大倭にも源があるそうじゃ。というても神代《かみよ》の高天原《たかまのはら》のことじゃから、そこが大倭と言えるかどうか、よう分からんが、ふっふ」

「御門の故郷《くに》の高天原は、この大倭の天《あめ》にあるのか？　われは、韓《から》、おおかた任那の天あたりにあるのやろと思うとったけど……いつか聞いた、あの皇御孫《すめみま》の瓊瓊杵尊《ににぎのみこと》が高天原から日向《ひむか》の高千穂に降ったゆう伝えは、三韓《みつのからくに》の筋のひとつを引くものなんやろう？」

「覚えておったか。語り甲斐があるな、ふっふ」

「忘れるかいな。息なし、まことしやかに、《神さんの代の伝え》やもんな」

「はっはっは……そういえば、『記』には、高千穂に降った瓊瓊杵尊が《この地は韓国《からくに》に向かい、朝日の直さす国、夕日の照る国なり。この地は吉き地なり》と仰せて、そこに宮を建てられたとあった。それからすると、瓊瓊杵尊の故国《くに》の高天原は、筑紫の向こうの三韓の天にあったようにも思えるが……」

「やろう。けど、あの天《あめ》の香具山《かぐやま》は、高天原からあそこに落ちてきたて聞くなあ」

「……高天原のことはともあれ、散楽の伝え、これがなかなか興をさかすものでな。河勝が散楽の祖であることを伝えるばかりか、上宮太子《かみつみやのひつぎのみこ》の御許に親しう仕えておったことをつぶさに語るものなのじゃ」

「太子さんと、河勝さんの仲らいを語る伝え、か……そら、聞きたいな」

太子信者気取りのカマタリが舌舐めずりし、エツメとキキが若やいだ目を輝かせた。

「……神代の高天原でのこと、天照大神が、須佐之男命の狼藉を怒って天《あめ》の岩屋戸《いはやと》にこもられ、そのため日の光が絶えて、高天原が常闇《とこやみ》になった。困じた八百万《やおよろず》の神たちが、天照大神の御心を慰いて、岩戸から出《い》でまし願おうと、鏡と玉の神器をこしらえ、常世の長鳴鳥《ながなきどり》を集めて鳴かせた。常世という日の沈まぬ国から、ひねもす鳴き続ける鶏を連れてきて鳴かせ、天照大神を醒まそうとしたのじゃろな。そうして、みなで細男《せいなう》（才男）という、可笑しげな仕草の舞を舞《も》うて騒《ぞめ》き、天照大神を誘うたそうじゃ。

と、そのまえに、天宇受賣命《あめのうずめのみこと》（天鈿女命）という姫神が出でて、歌い、舞うた。命は天の香具山の日影《ひかげ》（羊歯）を襷《たすき》にかけ、真拆《まさき》（ツルマサキ）を鬘《かづら》（飾り）にして頭に巻き、小竹葉《をさば》（笹の葉）を手草《たぐさ》（手持ちの草）に結い、桶《おけ》を岩戸のまえに伏せて、その上に立った。そこで、神《かむ》がかりして胸乳《むなち》をかき出だし、緒を解いて裳を陰《ほと》のあたりまで押したらし、桶を踏みとどろかせて歌い、舞《も》うたそうじゃ。その歌と舞で神々を大笑いさせて、高天原がどよめいた。その賑々しい騒ぎで、天照大神を天の岩戸から誘い出だしたという」

「いっひっひ」

カマタリがたまらず卑猥な小声を漏らした。女神のあらぬ姿を想像したのだろう。（姫神にも、女性《によしよう》と同じ、胸乳《おんな》と……）と、みなの目もはばからず、よだれを拭った。

とたんに、両脇のモモナとエツメから冷え冷えとした視線を浴びせられ、はっと我に返って、つんと澄ました。が、焦ったのだろう。あろうことか、己の澄まし顔を思いだせない様子で、目をぱちぱちさせながら、やみくもに澄ましてみせた。あいにく、それが、ただ黒目を寄せただけというふざけきった痴《し》れ面になり、見るとはなしに眺めていたモモナとエツメがしらっとそっぽを向き、痴れ面がひとり無残に取り残された。

「天宇受賣命は、小竹葉を手草にして舞うたとあるから、いまの世に、巫女が舞う神楽を舞うたのじゃろな。神楽を舞うて、天照大神の御心を和《な》いだのじゃから、巫女の祖《おや》というような姫神やったのじゃろ。天宇受賣命は、いまの御門の鎮魂祭《たましづめのまつり》や大嘗祭に、神楽を奏する猿女《さるめ》（巫女のような女官）を奉る猿女公《さるめのきみ》の祖と伝わる」

（神々のまえで、胸乳をかき出し、陰をさらして舞うたのは巫女の祖、なのか……）

野巫のモモナが、目をしばたいて、頬を染めた。

「という由で、神楽は、高天原にはじまったものらしい。さて、散楽じゃが、その源の、さらに源は、あの仏在所、つまり天竺《てんぢく》にあるそうじゃ」

「天竺、か……はるか西の彼方にある、お釈迦さんの国やな」

「……かの地で、ある長者が祇園精舎という寺を建てて釈迦に奉り、その寺で釈迦が供養されたとき、釈迦の従兄弟に当たるある王子が万人《よろづ》もの外道《げだう》（仏教以外の信者）を引きつれて押しかけ、みなで叫びながら踊って釈迦の説法を妨げたそうじゃ。釈迦がはじめられた仏法を妨げたのじゃろな」

「仏在所にも、仏さんを巡る諍いがあったのか。大倭のみでなかったんやなあ」

「そこで、釈迦が弟子の舎利弗《しゃりほつ》に目くわせ（目配せ）して鼓と唱歌を調えさせ、阿難《あなん》、富楼那《ふるな》とともに、六十六番の物まねをさせられた。みな、いっせいに静まり、釈迦がようよう説法をされたそうじゃ。舎利弗の知恵、阿難の才学、富楼那の弁説という、この世の至りとされた三人の才をもって奏した楽と舞に、外道らも惹かれたのじゃろな」

「知恵やら、才学やら、弁舌やらに惹かれたのか。さすがに仏在所の外道は違《たが》うなあ」

「その楽と舞をもとに、天竺で物まねの能（芸能）が広がった。のちに、それが唐土《もろこし》に入《い》り、彼の地の曲（軽業）と手妻《てづま》（手品）、楽《がく》が加わって、おかしげな舞になった。その能がさらに大倭に伝わって、神楽と合わさり、いまの散楽のもとになったそうじゃ」

「仏在所の坊さんの物まね踊りが、回りまわって、高天原で巫女が舞うた素肌踊りとひとつになったのか……坊さんと、巫女が、ともに素肌で舞う、物まね踊り、やな」

淫らに惚けるカマタリをモモナが白い横目で殴りつけ、エツメが下膨れを伏せて笑い涙をぬぐい、キキが屋根裏を仰いで小さい肩をひくひくさせ、ヒノがもろ手をついて込み上がる笑いをかみ殺した。

「……その大倭で、のちの推古天皇の御代のこと、天下《あめのした》に障りがあったとき、その難を祓うべく、太子が散楽の宴《うたげ》を催された。神代に、天宇受賣命が神楽を舞うて天照大神を天岩戸から誘い出だした例《ためし》と、いにしえの仏在所で、釈迦が弟子たちに六十六番の物まね踊りをさせて外道を鎮めた例という、二つのめでたい例に倣《なら》われたそうじゃ」

「さすがに太子さんやなあ。才学が広いし、お計らいが鮮やかや」

カマタリの年増まがいの嬌声を耳に、キキとエツメがにこにこ頷いた。

「その宴で、太子が河勝に〔翁〕の物まねを舞うよう申しつけて、手づから作った面を与えられた。翁というのは、散楽の本舞とされる舞という。〔宿神〕そのものともいわれる舞らしい。奥の深い舞なのじゃろうな。つと立ち上がった河勝が、その翁を鮮やかに舞い、天下の障りがつつがなく収まったそうじゃ」

「めでたい伝えやなあ。さすが太子さん。鮮やかなお計らいや。河勝さんもよう舞うた」

「太子は、その能を末代に残すべく、神の字の片を取って申楽《さるがく》と名づけられた。それが、のちに横訛って散楽になったそうじゃ。申楽の申は干支《えと》の申。申楽というのは、猿が舞うような、おかしな仕草のある能じゃろ。まことに妙《めう》（巧妙）な名づけじゃろう」

「さすが太子さんやなあ。能にも、趣のある名アをつけはったんや」

「円満井座の族は、太子を猿楽の道を開いた神と崇め、翁の化身のごときお方と敬うそうじゃ。

その太子に仰せつかって、河勝がその翁を鮮やかに舞うた……ふたりの間《あはひ》がいかに好かったか、ありありと浮かぶ伝えじゃろう。河勝はのちに、その貴い能を子孫に伝え残したそうじゃ。それが、いまの円満井座の祖と崇められる由という」

……天下に障りありしとき、上宮太子が、神代と仏在所の吉例に習い、河勝に六十六番の物まねを舞うよう仰せつけられ、御作の面を与えたまう。天下、治まり、国、静かなり。太子、末代のため、神楽の神という文字の片を除け、作りの申を残して、申楽と名づけたまう。〈楽しみ申す〉に、因《よ》りてなり……

秦元清（世阿弥の本名）著『風姿花伝』

「太子さんのにわかの仰せにたちまち応えて、鮮やかに舞うたゆう河勝さんは、能者やったんやろか？」

「見様、見まねで舞うたのじゃろ、ふっふ。にわかの仰せにもかかわらず、非家《ひか》（素人）の河勝が、散楽の本舞の翁をめでとう舞うて、世を鎮めたのじゃ。世のため、人のために働く男じゃろう。宿神がかかるじゃろう。ときと、ところで用に立つ業を自在にこなす男じゃろう、ふっふ」

「化生や」

「はっはっは……じつは、河勝は、これぞという業を思い励んで学《まね》ぶ男じゃったらしい。散楽のみでのうて、楽や兵《いくさ》の技、さらに長《をさ》の心得などを、その道の上手から飽きずに学んだそうじゃ。河勝は、ひたすら思い励んで学び、己が天骨をみずから磨きあげた働き者やったのじゃな。そういえば、『紀』に、欽明天皇の御代に百済が楽人《うたまひのひと》を奉ったとある。河勝は、その楽人から習うておったのかも知れん」

カマタリが口走った「化生」に、また浮かれたシムラが得々と種明かしをした。河勝は、仙人でも、いわんや神仏の化身でもなく、一途に思い励んで学ぶ努力家であった……それこそが、みなで心と力を合わせて世に成りあがった秦氏に連らなる者たちからもっとも敬われ、慕われる先祖たる所以、と目尻を下げる。

「神がかりの河勝さんは、飽きずに学ぶ生身の働き者《もん》やったのか……そう聞いたら、なんとのう心安うなるなあ。天骨の人やら、仙人やら、化生やらとゆうと、なにやら寒い。かかった宿神も風をひくやろ、くっく」

浮かれたカマタリが戯れると、

「太子のつけられた申楽という名は、〈楽しみ申す〉という心も含むそうじゃ。その太子の御許に仕えた河勝じゃ。ただただ思い励んだのでのうて、思い励んで学び、働くことを楽しむ質《たち》の男やったのじゃろな。河勝もじつに仕合せな男やったようじゃが、その幸《さきは》いの元は、そういう心ばせにあったのじゃろ」

有頂天に登ったシムラが、敬愛する先祖の心根をもうひとつ解き明かした。

「そうゆうたら、祖の弓月君、酒公も、大津父さんも、みな働き者やったな。大きうなるお家の長は、さすがに違うなあ。みな、驕りもせんと、勤しんで学び、働きはったのや」

「じゃろう……そういえば、河勝と大津父を御夢にご覧じて殿上に召された欽明天皇も、みずからを修め、養うことを楽しむお方やったのかもな。そういうお方じゃから、河勝と大津父の性を貴ばれたのじゃろ」

「太子さんも、そうやったんやろな」

「あの〔申楽〕の名づけ親じゃからな……太子は、幼いころから学問《ものならひ》に勤しまれた。学問を心から楽しんでおられたのじゃろ。そういうお方じゃから、河勝の心柄を愛でられたのじゃろな。宴の席で〔翁〕を舞うよう申しつけられたのも、息なし思いつかれたものでのうて、かねてお計いのことやったのじゃろな」

「太子さんは、河勝さんと性が合《お》うたんやろな。人と人の間《あはひ》は、性が合うかどうか、やからな」

「太子と河勝は性が合うた、か……そう聞くと、じつに嬉しいなあ」

「やろう、くっく。河勝さんは、太子さんを心から敬うてはった。その太子さんから、世の障りを鎮めるために舞うように仰せつかって、奮い立った。で、一心に翁を舞うて、世を安穏に鎮めた。絵に描いたような吉事《よごと》や……あっ、そうか、河勝さんには、河勝さんに似合いの宿神が懸かってたのや。根っからの働き者を好む宿神がな」

〝働き者〟という心地良い言葉に浮き立ったカマタリが声を弾ませると、

「そうじゃな。きっとそうじゃ。河勝には、正《まさ》しに宿神が懸かっておったのじゃ」

シムラが大きな眼を輝かせ、驚いたカマタリがそのシムラをいぶかった。

（……宿神が懸かってたゆうのは、そっちが言いだしたことやろう？）

「河勝には、楽しみながら思い励んで学び、世のため、人のために、一心に働く心魂があった。そういう心魂を慈しむ宿神があって、それが懸かったのじゃろな。じゃから、河勝は、ここぞというときに、これぞという業を難なく熟《こな》せたのじゃ。きっと、そうじゃ。河勝には、宿神が懸かっておったのじゃ。また、カマタリに思いもよらぬ好《え》えことを聞いたなあ、あっはっは、はっはっは」

きょとんと見つめるカマタリを前に、〝思わぬ掘りだし物〟を見つけた〝末裔馬鹿〟の史家が、大口を開けて、笑いに笑った。

……〔翁〕は真如であり、無限であり、慈悲の心である。どの家にも恵みをもたらす星宿神（北極星）たる〔宿神〕であり、それゆえ猿楽の本舞である。

その〔翁〕をはじめて舞い、また、国のあらゆる領域に恩恵を施す慈悲の心を体現する存在である皇帝（始皇帝）の生まれ変わりである河勝は、〔翁〕であり、〔宿神〕なのである……。『明宿集』

ちなみに、〔翁〕には、古代の農耕行事に発したという説や、神代に始まった神楽を元にしたという説など、様々な解釈があるという。五穀豊穣など様々な祈りを籠めた古い舞曲であるらしいが、その舞は、鎌倉期に行われた〔翁猿楽〕以来、仕手が翁面と白色尉をつけて舞うようになった、というのが通説らしい。とすると、上古にそれを河勝が舞ったという『風姿花伝』と『命宿集』は、時代考証に難がありそうだ。河勝を猿楽の元祖と崇める世阿弥と金春禅竹は、かなり愛らしい〝末裔馬鹿〟であったように思われる。それだけに、この物語は、元祖へのすこぶる厚い敬愛の念が込められた心情の戯曲のように思える。

本意

「さて、その河勝の働きじゃが……」

「よう働きはったんやろな……親族《うから》、族《やから》やところの民を労わったばっかりか、葛野《かどの》（山城国の古地名）を造ったお方、ゆうほどの名アを遺されるて聞くなあ」

「さあ、そこまではどうかな。いまも、秦の親族、族が彼方《あそこ》の大路《おほち》や川、寺、神社などの普請に働くがな、ふっふ……それは置いて、河勝のことは『紀』に三度《みたび》記される。

一つは、推古天皇の十一年に、太子から仏像《ほとけのみかた》を賜って、葛野にあった秦の母屋のあたりに、蜂岡寺を造ったこと……」

「いつかの語りで聞いたな……さすが、太子さんのなされたことは、いちいち『紀』に記されるんやなあ」

「これは、推古天皇が遷られて間のない小墾田《おはりだ》の新宮《にひみや》に、太子が群臣《まへつきみたち》を召して、《我、尊い仏像を持つ。誰か敬《ゐやま》い祭らぬか》と問われたとき、河勝がただちに《臣《やつかれ》、拝み祭ります》と願い出《い》でて賜った、というものじゃった」

　語り手を盛りあげつつ、太子信者のエツメとキキにおもねるという、カマタリの例の誘いに、シムラがあっさり乗った。（ここは、太子と河勝の〝絆〟を語る伝えじゃから、〝本題〟に入る前に、ひとつ……）と、口元がほころぶ。

「この儀は、おそらく、太子が推古天皇を慰められようとして催されたものやったのじゃろな……御代の八年に、新羅と攻め合う任那を助けるべく、御軍《みいくさ》を遣って新羅を撃ったのにつづき、十年にも御軍を二度出《ふたたびい》だされた。が、あとの二度の御軍は、いずれも事を果たせず終わった」

「太子さんの弟さん、つまり、己が甥をふたりも将軍《いくさのきみ》に出だしはったんやったな。女性《によしよう》の帝《みかど》が……」

「はじめに出だされた太子の一つ腹の弟（同母弟）の来目皇子《くめのみこ》は、筑紫で病に罹り、にわかに薨《こう》ぜられた。代わりに遣られた太子の異腹《ことはら》の弟（異母弟）の当摩皇子《たぎまのみこ》も、従うた妃《みめ》の舎人姫王《とねりのひめおほきみ》が播磨国の明石で身罷《みまか》られたため、京《みやこ》に帰られた。舎人姫王は推古天皇の妹で、当摩皇子には叔母に当たるお方じゃ。齢《よはひ》のお方じゃったのかもな」

「太子さんにも、推古天皇にも、親《しん》にあたるお方がふたりも身罷られたんや。なんとも労しい。けど、女性の天皇が、なんで、そこまで外国《とつくに》のことに、ゆうような軍《いくさ》（戦）やったなあ」

　百姓はおのずと戦嫌いである……上々が手前勝手に起こす戦に狩りだされ、家族ともども泣きを見るのはいつも下々、という恨みが鬱積している。まして、隠れ反骨となれば、女帝をはばかりながら、恨み節の繰り言がついつい口を衝《つ》いてでる。

「推古天皇は、欽明天皇が御子の敏達天皇に、その敏達天皇が異腹《ことはら》の弟の用明天皇に遺された詔《みことのり》の御志に従うて、任那を後ろ見るという〝日嗣ぎの重い責め〟を果たされたのじゃろ。

推古天皇には、欽明天皇は父、敏達天皇は夫《つま》で、異腹の兄《え》、用明天皇は一つ腹の兄じゃった。父と夫、兄が負うた日嗣ぎの命《みこと》じゃから、推古天皇にはすこぶる重い責めやったのじゃろ……とはいえ、己が命《めい》によって、ことを果たせぬまま、甥と妹を亡くされたのじゃ。さぞ思い沈んでおられたじゃろ。

で、皇太子の太子が、叔母でもある推古天皇の御心を慰めようと、晴れやかな儀を催されたのじゃな……推古天皇は、三宝（仏法僧の仏法）を興し隆《さか》えしむる詔《みことのり》をはじめてなされた、篤い道心者《だうしんじゃ》（仏教信者）じゃった。その御前に群臣《まへつきみたち》を集め、煌《きら》らかな仏像を安置して授けるという晴れやかな儀を催して、天皇の御心を和《な》ぐとともに、仏法をさらに広めるという、厚いお計らいやったのじゃろ」

「さすがに、太子さんやなあ。至れり尽くせりのお心遣いや。御身も弟さんを亡くして悲しんでおられたやろに……」

「その、にわかの仰せに惑うた群臣《まへつきみたち》の隙をついて、河勝がつと声をあげ、仏像を賜ったのじゃ、ふっふ」

「それも、さすが、河勝さんや。太子さんと、推古天皇の御心のうちを量って、立ちどころに声をあげはったんやろ。肝も太い。群臣の末座《まつざ》から、思い切って声をあげはったんやもんな。間合いも心得てたから、仏像もしっかりいただいた、くっく……もしや、太子さんと河勝さんが、前もって言い交わしてといて……てなことはないわなあ。おふたりにかぎってな。それこそ、われの下種な推し当て（当て推量）や、へっへ」

いつか聞いたときは、危うく口に出しかけて、なんとか呑み下した勘繰りを、二度目とあって抑えがきかず、つい吐きだしてしまったのだろう。カマタリが身を小さくし、あたふたと自虐に紛れた。

「二つめの伝えは、十八年に、新羅と百済の遣いが小墾田の宮に参来《まう》けたとき、河勝が新羅人の導者《みちびきひと》に用いられたことじゃ。これは、まあ、ただの使いじゃな。

三つめは、のちの皇極天皇の三年のこと、河勝が東国《あづま》の不尽河《ふじがわ》（富士川）に行き向かい、ところの衆を惑わす者を打ち据えたことじゃ」

「そんな遠国《をんごく》に行き向こうて、ところの徒《いたづ》ら者を打ち据えた？」

「心地良げな語り種じゃろう、ふっふ。が、それは後の楽しみとして……『紀』に伝わる河勝の働きは、その三つじゃが、秦氏にいろいろ伝わる。なかでも詳しう語り継がれるのが、大臣《おほおみ》の蘇我馬子《そがのうまこ》と大連《おほむらじ》の物部守屋《もののべのもりや》が争うた軍に太子に従うて加わったことじゃ」

「それも、いつかの語りで聞いたな。父の用明天皇が薨ぜられたばかり、それも、まだ十四歳という若い太子さんがはじめて軍に出でましはった。その太子さんの軍政として、河勝さんも軍に加わり、死に身（捨て身）で太子さんを守りはったんやったな」

「……太子を守り、その太子に守られ、ついに太子を守り通した、かな、ふっふ」

「太子さんに守られた？」

カマタリが頓狂にあげた声を裏返し、エツメとキキが驚きの目を輝かせた。

「この前は、推古天皇と太子と蘇我馬子を語ったから省いたが、その軍の終わりに、河勝が、世にはじめてその名を知られるという、大きな働きを見せたのじゃ」

「まず、その物部と蘇我の争いのあらましじゃが……」

「……欽明天皇の御代に、百済が仏法《ほとけのみのり》を伝えたときに始まった争いやったな。その仏さんを祭るか否かで、大臣の蘇我稲目《いなめ》と大連の物部尾輿《おこし》が諍い、そのふたりを継いだ馬子と守屋のふたりの男子《をのこ》も父に習うて争うたてゆう、豪族ならではゆうか、二代にわたって争いつづけたゆう、なんとも世離れした、いがみ合いやった」

カマタリがさっと割り込み、放埒な豪族をくどくどとなぶりつつ、安直にまとめた。「太子に守られた」に惹かれるエツメとキキになり代わって、いつの伝で悠長に語りそうなシムラを急かしたのだ。が、

「……御代の十三年、百済が奉った釈迦の金銅像《かねののみかた》と幡蓋《はたきぬがさ》、経論には表《ふみ》が付され、それに《仏法《ほとけののり》は、福徳果報《いきほひむくい》を生《な》し、優れた菩提をなす教え》とあった」

シムラがことの端緒から語りはじめた。敬愛する祖の河勝の心ばえを語るこの物語に、ことの〝真因〟のおさらいは省けない、という風な一徹な口ぶりである。

(まあ、落ちを急ぐ語らいでもなし……)と、カマタリもしぶしぶ腰を据えた。

「仏と表をご覧じた欽明天皇は踊るように喜ばれた、とある。善き行いをなせば、福と徳の報いがあり、仏法に依れば、悟りを得て浄土に往生するという、貴い教えに救われる思いをされたのじゃろな」

「いろいろ煩いはったお方やからなあ。国の外では、御門に抗う新羅と二心の百済に、内では、ますます放埒のかぎりを尽くす群臣に悩まされはったんやろう。そらあ、己が厳しい境界《きやうがい》を糧にして、みずから御心を養われたお方ゆうても、福やら、徳やら、悟りやら、往生やらとゆう心地の好《え》え言は、御心に染みたやろ」

カマタリが、僭越にもじみじみ同情し、エツメとキキが神妙な顔でこくこく頷いた。

「が、慎み深い欽明天皇は《みずから定むまい》と控えられ、《百済が献《たてま》った仏の姿は、いまだかつてないほど麗しい。仏を礼《ゐやま》うべきや、否や》と群臣に問われた」

「御心遣いのお方やからなあ。高御座《たかみくら》に坐《ま》しますお方が、なんで、そこまで、豪族なんかに、ゆうような御心遣いやったなあ。はてに、その御心遣いがかえって仇《あた》になったのや」

「まず、稲目が、《西蕃《にしのとなり》の国々は、みな仏法を礼います。大倭ひとり、背くことがありましょうか》と、天皇に与《くみ》するように答えた。

　蘇我は、書や算や外典《げてん》の五経などに通じた来帰人を用いて成り上った氏じゃ。おのずと、唐土《もろこし》や韓で崇められる仏法にも新たな望みを抱《いだ》いておったじゃろ。

　それに、稲目は先の宣化天皇にはじめて大臣に取り立てられた人じゃ。継体、欽明天皇のご一家と同じように、御門ではやや若かった。大伴金村を陥れた物部尾輿がわが物顔に端張《はたば》る（幅を利かす）御門の旧い政《まつりごと》を疎ましう思い、その弊を和らげるためにも、仏法を入れて、祭りと政《まつりごと》を新たな装いに改めねばならん、とひそかに窺《うかご》うておったのじゃろな」

「本意《ほい》（本懐）と思惑の二つ業《わざ》、や……上々は、あれやこれやと念入りに謀る、ゆうからなあ」

「つぎに、尾輿が答え、《帝の天下《あめのした》に王《きみ》とましますのは、つねに天神地祇《あまつかみくにつかみ》を祭りたまうからであります。いま改めて蕃神《あたしくにのかみ》を拝みたまわば、恐るらくは、大倭の神々が怒られましょう》と、抗うた」

「尾輿ゆうのは、仏さんを他《あた》しの国の夷《えびす》の神、ゆうて卑しんだんやろう。いまの世には思いも及ばんような非道な貶《おとし》めや。驕った豪族そのまんま、ゆうような言い腐《くた》しやった」

「物部は、雄略天皇の御代から、大伴とともに御軍を率いた家で、政《まつりごと》も執ってきた大連じゃが、ふるく崇神天皇の御代から、御門が三輪神社に祭る大物主神に御食《みけ》をこしらえる御役を司り、また、垂仁天皇の御代から、石上神宮《いそのかみじんぐう》（天理市）の神宝《かむたから》の剣《つるぎ》も預かってきた神人《かみびと》（神官）じゃった。おのずと、仏を蕃神と忌み嫌《きろ》うたのじゃろ……稲目の、わけ知り顔の言い立てにも、苛いでおったじゃろしな、ふっふ」

「顔を合わすのも嫌ゆう仲らいやったんやろな。けど、いずれも、形は忠実《まめ》な言いごとやったんやろう。御門の政《まつりごと》の本は祭りにある。恭しう営むべし……と、ここまでは何《いづ》れも同《おんな》じやが、その方便がまったく違《たご》うて、御門は仏法も崇めるべし、いや、天つ神国つ神のみを祭るべしと、裏表《うらうへ》に言い張ったんや。まあ、上辺はともかく、いずれも、信仰に託《かこつ》けて、勢いを取ろうゆう腹やったんやろ。上々は、思い上がりが激しうて、そのくせ口達者が多い、ゆうからなあ」

もの覚えの良いカマタリが、この前のシムラの講釈におのれの邪推をあしらいつつ、いちいち毒く。いにしえの豪族をこき下ろして、いまの世への恨み妬みも発散するのだ。やり返される恐れなしに、存分に罵る……これも、この〔ふること語り〕の醍醐味なのである。

「さるべきこと、大臣も大連も譲らず、収め様のない有り様になった。そこで、欽明天皇が《願い人に授けて、試みに拝ませよう》と宣《のたま》い、仏像を稲目に賜って収められた……争いの種を御門から遠避け、また、仏を祭ると、いかなる末になるか見定めるという仰せじゃ。稲目が喜び、尾輿にも背きようがないという、まことに妙なるお計《たへ》らいじゃった」

「まさに、鮮やかなお取り成しやったんやなあ。けど、それで収まるような、なま易しい諍いやなかった」

「しばらくして疫病《えやみ》が流行り、民が多《さは》に亡《の》うなった。と、それを待っておったかのように尾輿が中臣鎌子という神人の大夫《まへつきみ》（殿上人）を引き連れて御前にあがり、したり顔で訴えた。《臣《やつかれ》の計りことを用いたまわずして、この疫病が起こり、多くの民が煩い、息絶えます。早く稲目に仏を捨てさせ、のちの福を求めたまえ》とな。

天皇は、継体天皇が仰せたように、《大御宝《おほみたから》（人民）を子として、天下《あめのした》を治めたまう》お方じゃ。その要のところを突いた言いごとじゃから、欽明天皇は《申すままに》と許されるほかなかったじゃろ。してやった尾輿は、ただちに稲目の宅《やか》に行き向い、寺を焼かせ、仏像を難波の堀江に流させた」

「そこまでやるか、ゆうような非道な仕業やったな……その尾輿を継いだ守屋が、父に習い、いや、父より激しう仏法を滅ぼしにかかったのや」

「……ときは、敏達天皇の御代に移っておった。敏達天皇は『紀』に《仏法を受けたまわず》と記されるお方で、父の欽明天皇と違《たが》い、「蕃神」はお好みでなかったらしい。

その天皇のもとで、馬子というのが稲目を継いでおった。馬子は、父に劣らぬ道心者じゃったようで、百済から帰った人が持つ仏像《ほとけのみかた》と石像《いしのみかた》を請い受けて、ひそかに祀っておった。が、大臣たる者がいつまでも他しの国の神を内々に祀っておるわけにいかん、と心が急《せ》いておったのじゃろな。おのれが病んだとき、卜部《うらべ》にその故を占わせ、《父が祀りし仏の御心が祟る》という占《うら》を得た。馬子は、ただちにそれを天皇に奏し、天皇から《占の言に依って、父の神を祭れ》というお許しを賜った。馬子は、仏法を疎まれる敏達天皇にも、巧みに取り入ったのじゃろな。馬子は、豪族にはめづらしいことなのじゃが、『紀』に《武《たけ》き略《たばかり》あり、また、弁《わきま》う才あり》と称えられる。父に勝るとも劣らぬ物仕《ものし》（やり手）やったのじゃろな」

「馬子は、おおかた、卜部に言い含めて、そう占わせよったんやろな……己の病も言伝《ことつ》てにするような、達者な奴やったのや」

「守屋は、憎々しいかぎりやったじゃろ。おのれが頼りとする敏達天皇に馬子が取り入ったのじゃからな。しばらくして、父のときと同じように、疫病が流行った。

と、それを待っておったように、というか、父の尾輿に習うたように、中臣勝海という神人を従えて御前に上がって訴えた。《欽明天皇より、陛下《きみ》の御代にいたるまで、疫病があまねく起こり、民が絶えようとしています。これは、ひとえに蘇我臣が仏法を興し行うためでないでしょうか》とな。敏達天皇も《申すことは明らかである。仏法を止めさせよ》と許されるほかなかった。そもそも、蕃神を厭われたお方じゃしな」

「守屋も、馬子と同《おんな》じように、天皇の御心につけ入って詔を賜り、それを楯に我が意を通すゆう腹やったんや。目上のお陰を被って、おのれの謀りを遂げる……上々が使う例《ためし》の手エや、ゆうからなあ」

「守屋は、ただちに馬子の精舎《てら》に行き向い、仏像を焼き、さらに、残った仏像を難波の堀江に流し、仏殿を焼き尽くした」

「守屋は、父の手ェをそのまんま真似て、仏法を責めよったんや。まさか、『紀』の撰者が骨を惜しんで、前の欽明天皇の段をそのまんま書き写した、てなことはないやろからな」

「？……馬子と守屋の仲がいよいよ悪《わろ》うなるなか、敏達天皇が薨ぜられた。それで、重石が外れたのじゃろな、ふたりがあからさまに諍いだした」

「敏達天皇を弔う殯《もがり》の宮てゆう厳《いかめ》しい席《むしろ》で面当てしよったんやろう。恥なしの豪族同士《どち》が……」

「敏達天皇も、かねてふたりの争いを案じておられたのじゃろな。天皇は、薨ぜられるまえに、父の欽明天皇が遺された《任那を復《ま》た興せ》という詔を異腹の弟の用明天皇に継いで、跡を委ねられたのじゃが、おそらく、御門のうちの災いも収めるように託されたのじゃろな。

用明天皇は『紀』に《仏法を信じたまい、神道《かみのみち》を尊びたまう》と記されたお方じゃ。その、神も仏も崇める柔らかな、穏やかな用明天皇に、いよいよ激しう争いだした物部と蘇我を戒めてほしい、と頼まれたのじゃろ。

が、用明天皇は御身の弱いお方で、世を安穏に鎮めるお力はなかった。御位に上がられると、待っていたかのように、穴穂部皇子という、次の御位をうかがう皇子が、あの守屋を方人《かたうど》（味方）につけて、早々と、放埒に振る舞いだしたほどじゃった」

「敏達天皇の殯宮に押し入って炊屋姫皇后、のちの推古天皇を犯そうとしたり、その宮と皇后を守った三輪君逆《みわのきみさかふ》ゆう忠実《まめ》な臣を殺したりと、まさに無体な皇子やったなあ」

「用明天皇は、御位にのぼられて六月《むつき》あまりで早くも重い病を煩われた。その床で《朕《われ》は三宝に依ろうと思う。卿《いまし》たち諮れ》と、群臣に問われた。仏法に依りたいというのは、かつてない仰せじゃ。ほとほと侘しい御心のうちを明かされたのじゃろな」

「けど、問われると、はじめる、ゆうのが物部と蘇我やった」

「馬子は天皇に与し、守屋は仏法を退けるよう言い張り、席《むしろ》が糾《あざは》った。その座に、毛屎《けくそ》という史《ふびと》（書記）が上がって守屋に滑り寄り、《群臣《まへつきみたち》が卿《うし》を謀ります。ただちに路を絶たれましょう》と耳擦り（ささやき）した。慌てた守屋が、河内の阿都《あと》にあった本所に退き、ただちに兵《いくさ》をあげた……守屋は、御門に刃向かう賊に堕ちたのじゃ」

「毛屎たらゆう情けない名ァの史も、馬子に言い含められとったんやろ。守屋を脅してやれ、てな。守屋は、その馬子の悪巧《わろだく》みに、まんまと嵌められよったのや」

「守屋が阿都に退いて三月《みつき》のち、ついに軍《いくさ》が起こった。馬子が、皇子たちと群臣《まへつきみたち》に守屋を滅ぼすべく諮り、皆がたちまち応えたのじゃ……朝家《てうか》も、群臣も、とっくに守屋を見限っておったのじゃろな。ただちに、主だった皇子たちと錚々たる豪族がうち揃う御軍《みいくさ》が立てられ、守屋を討つべく河内に行き向こうた。

　御門の敵《かたき》に堕ちた守屋に力を合わす者は、皇子はおろか、群臣もおらん。その手勢は、守屋の族《やから》と奴軍《やつこいくさ》のみじゃった」

「けど、物部は、もともと御門の兵《いくさ》や。戦いに手慣れたその兵は強かった。心勢いも盛んで、その兵が家に満ち、野にあふれた、やったな」

「守屋は、手の者に稲城《いなき》（稲を積んだ矢除けの砦）を築かせた。が、己はそれに籠らず、朴《えのき》の枝間《また》に陣取り、迫り来る御軍にむけて雨のように矢を射た。我が身を曝して敵を誘うという、肝々しいというより、痴《をこ》のような戦い方じゃ。

　守屋はおそらく死に所を求めておったのじゃろな。賊に成り下がった己が身に先はない。おのれが前に立って戦い、親族、族、奴らの楯になって果てる。ひとりで先立ち、軍を終わらせる……そう思い切っておったのじゃろ」

「さすがに代々つづいた兵《つはもの》の家の長やったのや。放埒な、気疎《けうと》い奴ちゃけど……」

カマタリが、「親族、族、奴らの楯」になった潔い守屋に、少々心を寄せつつ、苦々しく毒づいた。

「守屋が死に身で射る矢に、皇子たちと群臣の衆《いくさ》が怖気づき、三たび退いた。御方《みかた》が射殺され、逃げまどうなか、太子は《もしや、敗れるのでなかろうか。願《ちかいこと》を掛けずば、ことを成しがたかろう》と危ぶまれ、白膠木《ぬりで》（霊木）を取って四天王の御像《みかた》を作り、それを束髪於《ひさご》（年少者の髪形）の頂髪《たきふさ》に置いて、誓いを立てられた。《我をして、敵《あた》に勝たしめたまわば、かならず護世四王（四天王）の寺塔《てら》を建てましょう》とな」

「太子さんには、仏法に依る善え《え》国を造るという、清らな本意があったのや。けっして、馬子なんぞに力を合わせはったんやない。その誓いをもって、己が御志を御方に示されたんや。わずか十四歳の太子さんがやでえ」

待ちに待った太子の登場にカマタリがうんと力み、エツメとキキがうるうる頷いた。

「太子の周りは、河勝が選りすぐりの族を率いて固めておった。この太子に仏法に依る福徳の世を開いていただく。この太子は、かならず守り通す……河勝は、そう一心に誓うておったそうじゃ。世のこと、人のことを思い遣る男じゃったし、この秦庄と葛野に大きな寺を建てたほどの道心者じゃったからな」

みなの気色に釣られたシムラが急いで河勝の名を口に出し、思わず力説した。

「そやっ、それが、河勝さんの本意やったんや。太子さんも、河勝さんも、馬子やら、守屋やらとは、心ばえが違《たが》う」

「……馬子も、守屋も、それぞれに、己が本意を貫くべく戦うたのじゃろ」

（………）

「馬子には、仏法に依る新たな、進んだ国を造るという志があった。馬子にも神々を畏れ、崇め、神々を頼むという心はあったじゃろ。人じゃからな。が、ひたすら神々を祭って祈るばかりで、福徳果報や菩提というような教えのない神祭りのみでは、大倭の朝《あした》は明けん。唐土や三韓からますます遅れる……というような思いがあったのじゃろ。目路《めぢ》の広い男じゃったからな」

「そう、やった、な……そうゆうたら、敵《かたき》の守屋にも……」

「ぜひにも天つ神国つ神のみを崇め、清き祭りを守り通すという、厚い志があったのじゃろ。守屋には、いにしえより大倭の安穏と豊秋を叶えたまう天つ神国つ神のみが尊い神じゃった。父の尾輿が卑しんだ蕃神は、本体（正体）の知れん、穢れた邪《よこしま》な神じゃった。それを、むざむざ大倭に入れると、天つ神国つ神が、その蕃神と習れ合う（習合する）。いにしえより、天つ神と国つ神が習れ合うてきたようにな。じゃから、忌まわしい蕃神は、ぜひにも塞《ふさ》がねばならん。天つ神国つ神を卑しい蕃神から守らねばならん……そう思い入れておったのじゃろ。仏法は〝蕃神祭り〟でのうて、悟りを得た仏陀という人の教え、などとは思いも及ばなんだじゃろからな」

「まあ、馬子も守屋も、本意で戦うたんやろな。疎ましい豪族らやけど、それなりに、思い入れやら、志やら、忠実《まめ》な心やらで、争うとったんやろ。腹には、利やら、益《やう》やら、勢いの取り合いやらてゆう、思わくやら、謀りやらがあったんやろけど、それぞれに、本意はあったのや……いまはむかし、ゆうような、無垢な、清い、潔い代やったのや」

「カマタリは、いまの代に生まれて、良かったなあ」

「？………あのなあ、モモナ……」

「御方が逃げまどうなか、馬子も、誓いを立てた。《諸天王、大神王、我を助け守りて勝たせ給わば、諸天と大神王のために寺塔を建て、三宝を伝えましょう》とな」

「齢《よわい》の男が、若い太子さんの誓いを学《まね》びよったんや。恥なし奴ちゃからな。そのうえ、軍《いくさ》のあとで、その誓いのとおり、あの平城京《ならのみやこ》の元興寺の元の寺ゆう大きな法興寺（飛鳥寺）を飛鳥に建てて、おのれの本意を見せつけよったんやろう……いよいよ憎たらしい奴ちゃ」

カマタリが闇雲に馬子を罵る。「物仕の大豪族」などというのは、鼻持ちならない敵なのだ。

「誓いを立て、腹を据え直した馬子が、軍旅《いくさ》を率いて進みはじめた。と、その前に迹見赤檮《とみのいちひ》という舎人《とねり》がおもむろに歩みでた」

「そやった。赤檮ゆうのは、敏達天皇の嫡子の押坂彦人大兄皇子《おしさかのひこひとのおほえのみこ》に仕えた舎人やったな。守屋の方人《かたうど》の中臣勝海ゆう二心《ふたごころ》の神人が、勢いの傾いた守屋に裏返って、皇子を頼ってきたとき、その勝海を頭から二つに斬り割ったゆう、化生のような兵《つわもの》や。馬子の方に、皇子が、守屋に近いゆう疑いが懸からんように、辺りの者の目に見せようと、わざと激しう斬ったんやったな」

「……赤檮は、朴の枝間から見下ろす守屋をにらみつけたまま、ゆるゆると近づいていった。守屋が高笑いしながら、矢継ぎばやに射る矢をゆらりゆらりとかわしながらな……おそらくそれも、押坂彦人皇子への忠実心《まめごころ》やったのじゃろな。皇子は、なぜか軍に加わっておられんなんだ。その皇子に代わって、おのれが御方《みかた》の目に立つ働きを見せようと、ことさら肝々しい業を仕掛けたのじゃろな」

「まさしの、男やったのや……」

中老にも、男だてへの憧れはあるらしい。

「十間ほどに迫った赤檮は、にわかに凍《し》み凍《こほ》った守屋に向けて、強《こわ》い梓弓《あずさゆみ》をぎりぎり引き、息差しを止めて狙いを定めるや、ぶんと唸る矢を放ち、守屋を胸のど真ん中に射抜いた。どさっと音を立てて地に落ちた守屋は、鋭い目をかっと剥いたまま、息絶えておったという」

「化生が、ひとりで、敵の長を倒したのや……あれに捕らわれたら終わり、ゆうて恐れられた物部の長を……」

「守屋が撃たれると、その兵《いくさ》はたちまち崩れた……と、ここまでは、まえに詳しう語ったが、そのときの河勝の働きじゃ。そのとき、河勝が、御方と敵の乱れをたちどころに鎮めたのじゃ。それが、秦氏に宝として、伝わるのじゃ」

（そうか……ここまでは、その前置きの、いつかの語りの折り返し（反復）、やったのや……）

夢中でシムラにつき合ってきたカマタリがいつもながらに生真面目すぎる語り手のシムラを呆然と見つめた。

「守屋が木から落ちるや、河勝が御軍《みいくさ》の後ろから飛びだし、すかさず守屋の首を刎ね、それを高々と掲げて、喚いたそうじゃ。《守屋を討ち取ったあ》とな。

……守屋が射落されると、その奴兵《やつこいくさ》から《ぎゃあ》と、震えるようなおらび声があがり、御方から《おおっ》と、どよめく破《わ》れ声があがった。それが、地鳴りのように響き渡ったという。危ない、と河勝は身が震えたそうじゃ。勢いを取った御軍が敵を殺しにかかる。敵は死に狂いに抗う。むごたらしい殺し合いに陥る。あたりは修羅場に化す。そうなれば、太子を守り切れん。味方と敵の兵も多《さは》に死ぬ。ぜひにも太子を守り、また、衆の命を救うために、いっときも早く戦いを終わらせねばならん……と、思う間もなく、河勝は我しらず御方のまえに飛びだし、守屋の首を刎ねて、《討ち取ったあ》と喚いたそうじゃ。

その声を聞くや、御方がほっと鎮まり、敵がへなへなとへたりこんだという」

「お見事っ。鮮やかな心働きや。河勝さんのその一声がなかったら、軍が続いたやろう。太子さんがどうなりはったか、知れたもんやない。兵も、数えきれんほど死んだやろ。たった一声で、その修羅場を防いだんや。さすが河勝さんや。たしかに、宿神が懸かってる」

カマタリが歓声をあげ、エツメとキキが涙目でぱちぱち拍手した。

「……その喚き声を聞くや、去《い》にかけておった赤檮がふと立ち止まり、ゆるりと振り返って、河勝をにらんだそうじゃ。人の忠実《まめ》働きを掠める汚い奴、という目でな」

「……そら、そう思う、か……」

「赤檮がゆっくり戻ってきた。殺《や》られる……さすがの河勝もがくがく震えたそうじゃ。赤檮というのは世に並ぶ者のない、猛き兵《つわもの》じゃったからな」

「そら、河勝さんでも、化生には震えるやろ……われやったら、肝つぶして、尿漏《ゆまり》らす」

「そこへ、太子が走り込んでこられた」

「えっ？」

「そのとき太子は、軍の先行きを見届けようと御方の前に出《い》でて、河勝と赤檮の半ばあたりから、やや離れた所に立ち合《お》うておられた。そこから、走り込んでこられたそうじゃ。赤檮の怒りの色を見て、河勝が危ないと察し、割って入ろうとされたのじゃろな。

が、赤檮の前に立ちふさがると、きっと斬られる……赤檮というのは、先が動くと、我が身がおのれと動くという、鬼神《おにがみ》のような兵じゃからな」

「そっ、そら、明かん。早よ、なんとかせんと……誰か、おらんのか」

カマタリがあたふたと辺りを見回し、エツメがわれを忘れて重い尻を浮かせ、キキが短い脛でおろおろと立ちあがり、モモナが心眼を凝らした。

「太子と赤檮が行き合いかけた刹那、河勝がまた声をあげた。守屋の首を高々と突きあげて、《守屋を討ち取ったあ、迹見赤檮が討ち取ったあ》と、声を限りに喚いたそうじゃ。つと立ち止まった赤檮は、太子にうやうやしう頭《かうべ》を垂れ、踵《きびす》を返して去《い》んでいったという」

「はああ、あ、あ……」

カマタリが震える口に泡をふき、エツメとキキがへなへなと尻を下した。

「河勝は、われ知らず、叫んだそうじゃ。ぜひにも太子を守らねばならん。が、わが身で守る間《ま》は露もない、と逸った際《きは》、己の割れるような声が聞こえたという……おのれの一心がおのれを働かしたのか、おのれの魂《たま》がおのれの思いに応えたのか……。

汗でひと絞り（ずぶ濡れ）になった河勝は、つくづく思うたそうじゃ。《わが身と心とは、この太子を守る星の下にある》とな。そのときより、河勝は《太子のお側を離れることなく、忠実忠実《まめまめ》しう仕えた》と伝わる……これも、秦氏が宝のように語り継ぐ伝えなのじゃ」

「そらあ、太子さんに助けてもろたら、誰かて、嬉しうて……そらあ……」

「太子を守ろうと軍に従うた河勝は、逆さに太子に守られ、ついに、太子を守った。善き世を造っていただくお方と頼む太子を守り通して、己が本意を遂げた。つねづね慈しむ衆《いくさ》の命も助けた……どうじゃ。本意を貫く男じゃろう。ここぞというときに、これぞという業を熟《こな》す男じゃろう。宿神が宿るじゃろう、ふっふ」

シムラが念入りに催促するも、うるうるする皆の耳には遠く届かない。


……太子（?）、迹見赤檮に命して四天王の矢を放たしめ、大連の胸に当たる。大連、木より逆さに堕ち、賊、衆ともに騒ぎ、乱る。河勝、大連の首を斬る……。

（先行する太子伝の集大成として平安初期に成立したとされる）『聖徳太子伝暦』

「民をよう労わったと伝わる河勝じゃが、その人となりをつぶさに語る伝えが『紀』にも記される……最後になした、情け深い、勇ましい働きがな」

「はじめてなした大きな働きの次が、最後になした勇ましい働き、か……」

「はっはっは……河勝が民や族《やから》を庇《たば》うたとか、葛野《かどの》の普請に働いたとかという、日並みの働きは数知れず伝わるが、その百《もの》を語らずとも、これひとつを語れば、河勝の厚い人となりがよう分かるという、好《え》え伝えなのじゃ。これも、御門から賜った宝の物語なのじゃ」

カマタリの揶揄をやんわりかわしたシムラが、満面に笑みを湛えて語りだした。

「皇極天皇の三年じゃから、太子が身罷《みまか》られて二十年ほど経ったころのこと、先に言いかけたように、東国《あづま》の不尽河《ふじのかは》（富士川）に大生部多《おほふべのおほ》という者がおって、それが、ところの衆に虫を祭るよう勧めたという」

「虫を祭れ？」

「妙《めう》な言い種《ぐさ》じゃろう、ふっふ……多は、《この虫は、常世《とこよ》の神である。この神を祭る者は、富と寿《いのち》をいたす》と唱えたそうじゃ」

「常世の神……」

「……この天《あめ》には、高天原という、皇祖《すめろき》の天照大神が治められる天つ神の国があり、この地には葦原の中つ国という、この世があり、この地の下には根の堅洲国《かたすくに》とも、黄泉《よみ》の国ともいわれる、泡沫人《うたかたびと》（死者）の赴く国がある。

常世の国というのは、その縦様にある三つの国とは別《べち》に、海のはるか彼方にある国という。なにごとも永久《とわ》に変わらず、老いず死なず、宝の湧き出《い》づ国らしい。神仙の国といい、若やぐ験《げん》と寿《ことぶき》、富を授ける神々が坐《ま》まし、また、老いることなく寿を保つ通《つう》（神通力）を得た仙人が棲まうそうじゃ」

「その、常世の国に、行った人はおるんやろか？」

カマタリが神妙な声でシムラをせっついた。憂き世の垢にまみれる凡俗も「常世」という夢の異郷の名は耳にしたことがあるのだろう。「寿」はともかく「富」に惹かれたらしい。

「行った人はおらんそうじゃ。神仙の国じゃから、凡人《おほよそびと》には行けん国なのじゃろな。が、世語り（夜話）に伝わるような幻の国ではないらしい。唐土から聞き伝わった霊地というが、『記』にも伝えがある。

……そのむかし、高天原から出雲に下った須佐之男命《すさのおのみこと》の末葉である大国主神が美保の岬に坐《いま》したとき、波の穂（波頭）より羅摩船《かかみぶね》（がが芋の船）に乗って、蛾の皮を衣服《きもの》にした神が寄ってきた。天地《あめつち》を生《な》した天つ神である神産巣日神《かみむすひのかみ》の御子の少彦名神《すくなひこなのかみ》という。大国主神が、その神と兄弟《おにおと》になって出雲の国を作った。作り終えると、少彦名神は常世の国に帰っていったという。常世の国には、国を生す天つ神も坐しますのじゃろな。

多は、その虫がその常世の国の神と言い做《な》して、《この虫を祭れば、かならず富を授かる、生きながらえる》と宣《の》ってまわったそうじゃ」

「虫の神？」

「神の化身（権化）のことじゃろな。神は三輪山の大蛇のように蛇の姿にもなられるからな」

「化身の虫を祭れ、か……もっともらしいけど、なんとのう物臭い言い種やな。畑子《はたこ》は、虫送り（害虫掃い）に追われるばっかり。その逆さに、虫を祭れ、か……」

カマタリがふと白けたような口を利いた。《虫を祭れば、かならず、富が授かる》の「かならず」に、日ごろ、小商いにあがく苦労人の〝正気〟が目を覚ましたのだろう。

「その多に、地の巫覡《かむなぎ》らがおもねてな、《常世の神を祭れば、貧しい者は富を致し、老いたる者は若やぐ》と言い触らしたそうじゃ。『紀』に《神言《かむごと》に託《の》せて、曰く……》とある。神の御言《みこと》を告げる巫覡じゃから、託宣するように宣ってまわったのじゃろな」

「徒《いたず》ら者《もん》の巫覡か。まあ、神人《かみびと》や御坊《おぼう》にも色々おるからなあ……けど、ところの衆も、そんな戯《ざ》れ言を真《ま》に受けるほど幼《いと》けなしやないやろに、大生部多ゆうのも、巫覡らも、よう恥なしに言い触らしよったな。まあ、触れまわって戯《たはぶ》れるんは、罪もないやろけど、へっへ」

「多も、巫覡らも、まことしやかに言い立てたのじゃろな」

「衆が……そんな空言《そらごと》を、真《ま》に受けた？」

「百姓《ひやくせい》がみな、その虫を祭り、家の宝を投げ打って道辺《みちのべ》に酒や菜、六畜《むくさのけもの》（馬、牛、羊、鶏など）を供えて、《新しき富、入《い》り来たれえ》と呼んだそうじゃ。それを風の便りに聞いた京《みやこ》の衆も、常世の虫を静座《しきゐ》（清めた敷居）に祭り、歌い舞《も》うて福《さきはひ》を求めたという……みな、富を致すどころか、家の宝をことごとく無くしたそうじゃ」

「その、常世の虫たらちゅうんは、何《なん》なんや？」

「橘や曼椒《ほそき》（山椒）の木におる虫という。長さは四寸《よき》あまり、大きさは親指《おほよび》ばかり。色は緑で、黒点《くろまだら》があるという。形は養蚕《かひご》に似るそうじゃ」

「蚕《こ》を祭って、あるかなきかの宝を道に放うったら、福が来て、若やぎ、永らえる、てか。ゆう奴もゆう奴やが、そんなん頼んで、宝を散《ち》らした貧の百姓も百姓やな。おのれが、ろくろく食えんくせして……世の中、そうそう甘《うま》い口があるわけないやろ」

カマタリが、胡坐を掻いたまま臑で地団駄を踏みはじめた。

「貧をかこつ百姓や、老いた者ほど、甘い餌《ゑ》ばに容易《たやす》う惑わされるのじゃろな」

「むかしも、いまも、か……それにしても……」

「その大生部多らの僻事《ひがこと》（悪事）を聞いた河勝が、ただちに、ひとりで葛野を発って不尽河に急ぎ、ところに着くや、たちまち多を捕えて村人の前に引き出だして、打ち懲《きた》ましたそうじゃ。その荒い仕置きを見た巫覡らも震えあがり、逃げ散ったという」

「よう、やった。さすが河勝さんや。たった一人で、よう、そんな汚い徒ら者を畳んだ」

「村人らも、ようよう悪《わろ》い夢から覚めて、河勝を褒め称えて歌うたそうじゃ。《太秦《うづまさ》は神のなかの神と聞え来る。常世の神を騙《かた》る者どもを打ち懲ました》とな」

「神さんのなかの神さんか。やろなあ、くっく……葛野から不尽河まで草枕を重ねてきて、ひとりで徒ろ者を懲らしめてくれたんやもんなあ。聞きしに勝る益荒男やったやろ」

「大生部多らは、なんで衆を誑かしたんやろ？　ただの戯れとも思えんが……」

「御代に、恨み妬みがあったのじゃろな」

　カマタリのもっともな疑問にシムラがすぐさま応えた。敬愛する河勝の勇壮な活躍に、嬉々として推理を巡らせた様子が、その声に浮かぶ。

「……女性《にょしょう》の帝の皇極天皇の御代には、その天皇をないがしろにするかのように、蘇我の一族《ひとぞう》が放埒《はうらつ》を極めておったらしい。蘇我というても、あの馬子の次の代でな。馬子は推古天皇の御代に身罷り、それを継いだ子の蝦夷《えみし》というのが、先の舒明天皇の御代から大臣に就いておったようじゃ。

　父の馬子は、敏達天皇から四代の天皇のもとで、大臣として政《まつりごと》を執った。甥の用明天皇の御代に、大連《おほむらじ》の物部守屋を滅ぼして仏法を興し、姪の推古天皇が治めた飛鳥の御門で、新たな政《まつりごと》に甲斐甲斐しい働きを見せた物仕《ものし》じゃ。

　が、男子の蝦夷はやや凡下じゃったらしい。推古天皇の世継ぎを選ぶときも九月《ここのつき》も費やした。推古天皇が、末期《まつご》に、敏達天皇の御孫の田村皇子《たむらのみこ》と、太子の御子の山背大兄王《やましろのおほえのみこ》に詔《みことのり》を遺して崩《かむあが》られたのじゃが、いずれの皇子を世継ぎにしようと思し召しておられたのか、やや定かでない詔じゃった。で、その、いずれの皇子に日嗣ぎを勧めるかという段になって、蝦夷は、己に群臣《まへつきいたち》を統《す》ぶ力がないため、みなを饗《あへ》て諮った。が、それでも定まらず、あれこれ糾《あざは》ったすえ、己に諍うた叔父の境部摩理勢を殺させ、ようよう田村皇子に日嗣ぎを勧めて、舒明天皇を立てたという体《てい》たらくじゃった。

父ほどの器でなかったのじゃろが、にも係わらずというか、それゆえというか、すこぶる放埒な男じゃったらしい。たとえば、皇極天皇の元年《はじめのとし》に、蘇我の祖廟《おやのまつりや》を葛城の高宮に立て、そこで八佾《やつら》の舞を催したとある。八佾の舞というのは、八人が八列で舞う大掛かりな舞で、天皇のためにのみ行う舞という。蝦夷は、女性の皇極天皇を侮《あなづ》るように、八佾の舞を行い、みずからが朝家《てうか》のごとくに振る舞《も》うたのじゃな。

蝦夷はまた、己と子の入鹿の墓も造ろうと、百八十《ももあまりやそ》もの部曲《かきのたみ》を集め、それでも足りずに、太子の上宮《かみつみや》家の民も使うて双墓《ならびのはか》を造り、一つを大陵《おほみささぎ》と呼んで己が墓、もう一つを小陵と呼んで子の入鹿《いるか》の墓としたという。太子の御子が怒り、《蘇我の臣《おみ》は国の政を欲しいままにし、あまつさえ礼《ゐや》なき業《わざ》をみだりに行う》と詰られたそうじゃ」

「そらあ、怒りはるやろ。そんな放埒な痴《をこ》が、よう大臣に就けたな」

「馬子の子じゃからな……その子の入鹿というのが、さらに独り善《よ》がりの男でな、大臣でもないのに、みずから国の政《まつりごと》を執ったらしい。入鹿の威《いきほい》は父に勝り、《盗賊《ぬすびと》も怖じて、路に落ちている物さえ拾わず》と『紀』に記されるほどじゃ。蝦夷も、子に甘かったのじゃろな。おのれが賜った大臣の位を示す紫《むらさきのこうぶり》冠をひそかに入鹿に授け、大臣のように擬《なずろ》うたそうじゃ」

「痴な親が、子を自儘にする……上々の世間にようあるこっちゃ、ゆうなあ」

「大生部多は、その蘇我が率いる御門を恨んでおったのじゃろな」

「そら、そんな放埒な一家なら、誰でも憎むやろな」

「で、御門を悩ましてやろうと、世を騒がしたのじゃろ……大生部多の生部というのは、朝家《てうか》の屯倉《みやけ》のことじゃろな。推古天皇の十五年に《壬生部《みぶべ》を定む》とある。それまで皇子や姫皇女《ひめみこ》の屯倉じゃった種々《くさぐさ》の名代や子代を壬生部という一つの名に括ったそうじゃ。壬生部は、生部とも呼んだらしい。大生部多は、その壬生部を預かった官《つかさ》やったのじゃろな。かつては京から離れた東国で、豊かに暮らしておった地《ぢ》の豪族やったのじゃろ。

が、蘇我が端張《はたば》る御門の勢いが増すにつれて、七道《しちだう》の財《たから》が京に集められ、地の豪族の所得《しやうとく》が奪われだした。それを恨んだ多が、世を騒がしてやろうと企《たく》んだ、ということじゃろな」

「分からんでもないなあ。そやからゆうて、衆を誑かすゆうのは筋違《すぢか》いやけど……」

「心得違《たが》いじゃろう」

「その大生部多におもねたゆう巫覡らもなあ……そうか、多は徒男《あだしおとこ》（色男）やったんやろな。その徒男の巧みな物言いに、地の巫女らが誑かされ、つい、へつろうたのやろ」

カマタリが、いつもの下種の勘繰りを口にすると、モモナが、膨れっ面をそっぽにむけた。中老の寡男《やもを》が吐いた巫女への嫌みが勘に触ったのか、あるいは〝色男に誑かされた〟同業の女たちを卑しんだのか……。

「いや、巫覡らにも、御代への恨みがあったのじゃろ」

「巫女も、蘇我を恨んどったのか？」

「おそらく、ときの代の祭りの有り様をな……二代前の推古天皇が、大倭にはじめて仏法を興された。天皇は、まず、蘇我馬子を大臣に、太子を皇太子に就けられた。馬子は仏法を責め立てた物部守屋を滅ぼして仏法に依る代への道を開いた道心者じゃ。太子は、《内教《ほとけのみのり》（仏教）を高麗の僧慧慈に習い、ことごとく悟りたまう》と『紀』に記されるお方じゃ。そのふたりを御門の要《かなめ》に据えて仏法を興す形を調えて、つぎの年の春二月《はるきさらぎ》に《仏法僧の三宝を興し隆《さか》えしめよ》という、はじめての詔《みことのり》をなされた。たちまち、仏法が世に広まりだし、御代のすえに、寺が四十六所《よそあまりむところ》、僧と尼を合わせて千三百八十五人《ちあまりみほあまりやそあまりいつたり》を数えたとある。

つぎの舒明天皇と、その跡を継がれた皇后《きさき》の皇極天皇も、推古天皇に習うように仏法を崇められ、二代かけて百済の大寺、いまの大安寺を建てられた。

ときの大臣の蝦夷も、放埒ながら、道心者《だうしんじゃ》じゃったらしい。元年《はじめのとし》の秋七月《ふみづき》に日照りが続いたとき、群臣《まへつきみたち》が村の祝部《はふりべ》（市井の宗教者）に占《うら》を問い、その言に従うて、もろもろの社の神を祭り、牛と馬を殺し、市を移し、河の神に祈って雨乞いをした。が、まったく効き目がなく、困じた群臣が、大臣の蝦夷に諮った。蝦夷はたちどころに《仏の教えに従い、寺々に大乗経典を転読させ、悔過《けか》（罪を免れる懺悔の作法）し、雨乞いせよ》と申しつけた、とある。祝部の占いなど、物ともせん男やったのじゃろな。

皇極天皇はまた、天神地祇《あまつかみくにつかみ》も厚く敬われた。かの日照りの折、蝦夷の左右《さう》（指図）で行うた仏法の雨乞いにもさしたる効がなく、微雨《こあめ》が降ったのみじゃった。そこで、天皇が明日香の南淵《みなみふち》の河上に幸《いでま》し、ひざまずいて四方《よも》を拝み、天《あめ》を仰いで、雨乞いをされた。たちまち雷《いかづち》が鳴って大雨《ひさめ》が五日降りつづき、天下《あめのした》があまねく潤い、百姓が大きに喜んで《徳のまします天皇》と称えたとある。天皇は、四方に坐します雷や雨などの国つ神とともに、高天原に坐します天つ神に祈られたのじゃろ。『紀』に、《いにしえの道に従うて、政をしたまう》と称えられたお方じゃからな。

その道心者の大臣の蝦夷にも、また神と仏を崇められた皇極天皇にも、村々の祝部の占や、巫覡らが行う呪《まじな》いは、古びた、気疎《けうと》い紛いものに過ぎなんだじゃろ。ときの世には、どの村にも祝部や巫覡がおったらしいから、なおさらな」

「いまの世も、口寄せ巫女が……」

あやうく口を滑らしかけたカマタリが、慌ててその口をつぐんだ。

「さるべきこと、巫覡らが、その祈祷や呪い、託宣、占を軽んじる御門を恨んだ。古くからの尊い習いを侮《あなづ》る、よこしまな政《まつりごと》であるとな。とりわけ、祝部の占いを軽んじた道心者の蝦夷と、その子の、放埒な入鹿を恨んだ、ということじゃろな。

それを仄めかす伝えもあってな。三年に、蝦夷が葛城の祖廟に参ろうと橋を渡っておったとき、ところの巫覡らが集まって、神言《かむごと》を宣《の》ったそうじゃ。巫覡があまりに多かったため、つぶさには聞こえなんだらしいが、ときの老《おい》らが《風《ふう》が移る兆しじゃ》と語りおうたという。入鹿が中大兄皇子《なかのおおえのおうじ》、のちの天智天皇らに、放埒を咎められて滅ぼされる一年あまり前のことじゃ。おそらく、巫覡らは神言にかこつけて、祝部や巫覡を侮る蝦夷と子の入鹿を咎めたのじゃろ。不尽河の巫覡らも、その呪いや託宣を軽んじる、独り善がりな道心者まがいの蝦夷と入鹿を憎んでおったのじゃろな」

「神と仏の争いの次は、御門が民の呪いを疎《うと》み、巫覡がそれを怨んだか……因果やなあ」

「悟りが浅うて、崇める心が強いものほど、ほかの信仰を蔑みやすいらしい」

「因果やのうて、思い紛いや、独り善がり、か。いよいよ情けないな……もしや、誑かされた衆も、その多や巫覡らに同じてたのやろか？　蘇我を憎む多や巫覡らに……」

カマタリが声をひそめた。早合点で衆を小馬鹿にした己の高慢に気が引けたらしい。

「同じたというより、縋《すが》ったのじゃろな……舒明天皇から皇極天皇の御代にかけて、旋風《つむじ》や野分《のわけ》、大雨《さめ》、長雨《ながめ》、霙《みぞれ》、日照《ひ》り、地震《なゐ》など天変地異がしばしば起こり、天下《あめのした》が飢えて、百姓がいとう苦しんでおったらしい。そんな御代に、放埒を極める蘇我の父と子が民の暮らしを顧みず、御門を我がものにして、思うままに政《まつりごと》を執っておったのじゃ。貧の底に喘《あえ》いでおった衆が、大生部多や巫覡らの言い触らした《祭れば、かならず富が授かる》というお告げを頼んで、有るかなきかの宝や食《け》を道に連ねた心は、分からんでもないじゃろう」

「伸《の》るか反《そ》るかで、虫にまですがったのか……労《いたつ》きが過ぎて、地の豪族も、巫覡も、衆も、みな狂うてたんやろなあ。世も末やったんや。ようまあ、そんな侘しい世があったもんやな……いまの代ほど惨うはなさそうやけど……」

「ところで、河勝さんは、もう若うはなかったんやろう？　二十歳《はたち》あまりも若い太子さんが身罷られて二十年ほども経ったころとゆうと、なかなかの齢《よわい》やったんやろな」

カマタリが探るような口を利いた。専横な蘇我親子が牛耳る御門に反発したらしい大生部多らに幾分同情し、その弾みで、多を打ち据えたという河勝の心底に不審を抱き始めたらしい。

「八十《やそぢ》は越えておったじゃろな」

「……並みの者《もん》なら、二たびほど死ぬ歳や」

カマタリが、呆れたような眼で、笑顔のシムラを見据えた。〝秦氏が作った武勇伝〟の臭いも嗅ぎつけたらしい。

「じゃろう。その歳で、それほどのことを為したのじゃ。これは、河勝の優しうて大きな器と、並外れて太い肝魂を語る伝え、それも、公の史に記されるものということで、秦の者なら、誰もがそらんじる、栄えある伝えなのじゃ、ふっふ」

河勝を敬愛してやまないシムラには、遠回しな〝嫌み〟など通じない。いつものことながら、それが〝驚嘆〟に聞こえて、いっそう目尻を下げた。

「そらまあ、栄えある伝えなんやろな……けど、なんで、八十を越えた河勝さんが、わざわざ遠い不尽河にまで行き向こうて、大生部多を懲らしめたんやろ？」

シムラの喜色に、カマタリがますます白けだした。

「ところの衆を助けにいったのじゃ」

「……そらまあ、そやろけど、八十を過ぎた人が、遠国まで行き向こうて為さんならん業とも思えんなあ……秦さんには、なんの係わりもないことやろう？」

「……やむごとなき筋からの仰せもあったらしい」

「御門の命やったのか？　まさか、蘇我の親子の……」

カマタリがいっそう嫌な声をだした。〝庶民の味方〟が、じつは〝蘇我の父子が牛耳る御門の手先〟だった、というのでは、〝美談〟も〝武勇伝〟もあったものでない、と毒気すら含む。

「直々の仰せでのうて、回り回ってじゃったらしい。河勝が御門に直々仕えたのは推古天皇の御代までで、皇極天皇の御代には、葛野の秦造の河勝、じゃったからな」

「その葛野の河勝さんに、何処《どっ》から、なんで、仰せが回ってきたんやろ？」

要を得ないカマタリがいら立ちだした。

「かつて、この多郷を治めておった大《おほ》（多）氏から回ってきたもののようじゃ。大生部多というのは、大氏に縁《ゆかり》の者じゃったらしい」

「大生部多、やな…生部たらゆう由のありそうな名アの前と後に、大やら多やら、借り物の事々しい飾りをつけて大生部多、か。名ァからして、なんとも怪しげな奴《やつ》ちゃけど……」

「我褒《われぼ》めしたのかもな。われは、京《みやこ》で御門に仕える大氏の縁の者なり、とな、ふっふ」

「藤原氏になんの縁もないが、さも、ありそうなカマタリ、のような……」

「あのなあ、モモナ……これは、我褒めで付けたもんやない。父《てて》が戯れにつけよったもんなんや。けど、ほとほと難儀な名ァや……はじめて聞いた奴は、みな吹きよる」

みな、いっせい吹きだし、からかったモモナも肩でひくひく笑った。

「その大氏に、御門が、多らを懲らしめるよう仰せつけられた。承った大氏が、勇みの名の高い河勝を頼み、この郷の秦の者に言づけた。氏に縁の者を打つのは忍びなかったのじゃろな。その多氏の頼みを河勝がさっと受けた。御門の仰せとあらば、秦造を賜るおのれは、ぜひにも行かねばならんと思うたのじゃろ。この郷の秦氏は、そのむかし、大氏と何かの縁があったようじゃしな」

「なんか、持って回って、取ってつけたような……」

「はっはっは……が、この推し量りはあながち誤っておらんじゃろな。まず、御門は、屯倉を預かる者が、ところの民を誑かすとあって、見過ごせなんだのじゃろ。まして、物臭い、偽りまがいの祭りや呪いをもって、民を惑わし、世を騒がすのじゃからな」

「そらあ、放っとけなんだやろな。世間の聞こえが、悪いもんなあ……官《つかさ》が悪さをするゆうのはようあるこっちゃ、ゆうけど……」

「とりわけ、蝦夷と入鹿は、後ろめたい思いをして、憤《ふっ》くんだじゃろ」

「面当《つらあて》されてるように思うたやろな。それぐらいのことは、分かったやろからな。放埓や、能なしや、ゆうても、上々なんやから……」

「というような由で、さるべき筋からの仰せが、回りまわって河勝に持ち込まれたのは、確かじゃろな。それが印に、この河勝の働きが『紀』に細かに記される。河勝が独り善がりに行き向かうて、ところの徒ら者を懲らしめたというのでは、御門の史に残らんじゃろう」

「そら、まあ、残らんやろけど……」

「それに、かつて冠位十二階《かうぶりとうあまりふたしな》の大仁と小徳を賜った河勝は、大化五年に作られた冠位十九階の大花上《だいくゑじやう》という、七位の冠位を賜っておるのじゃが、それも、この大生部多らを懲らしめた功のほかに、思い当たることがないのじゃ」

「……大さんは、なんで、その八十も過ぎた河勝さんを頼んだのやろ？」

カマタリがなお食い下がった。あまりに現実離れした話であるし、なにより、民思いの名の高い河勝が、蘇我の父子が牛耳る民に冷たい御門に反発した者を誅罰した、というのが気に入らないのだ。

「思い余ってのことじゃろな。氏に連なる多をみずから打つのは忍びない。とはいえ、誰にでも頼めるようなことでない。が、大氏に縁《ゆかり》の河勝なら頼める。氏に縁の、また、秦造を賜る長を頼んだのなら、御門にも聞き入れられる。それに、勇みの名の高い、民思いの益荒男ならきっと受けてくれるに違いない……そう、思い回したのじゃろ」

「……それにしても、八十歳を過ぎた人を頼んだ、てなあ。また、その齢《よはひ》の人が、その頼みをさっと受けた、ゆうのも妙やなあ。馬で行っても身が堪えられんほどの道（道中）やろう？　まして、幾日《いくか》も歩いて草枕、てなことは、とてもやないやろし……」

「……たしかに、妙と言えば、妙じゃなあ……大氏も、まさか河勝が直々に行き向かうとは、思うてなかったのかもなあ」

「五十《いそぢ》のわれでも、為せん難儀や……まあ、われなんかには誰も頼まんやろけど……」

「……これには、いろいろ推し当てる（憶測する）者があって、なかに、〈河勝は、己が胸の怒りを大生部多に投げつけた〉と、もっともらしう囁く者もおるが……」

「河勝さんまで、世の風に染まって、筋違《すじか》いに当り散らした、ゆうことか？」

「その前の年、太子の御子があの入鹿に滅ぼされた。それを恨んだ河勝が……」

「あの入鹿が、太子さんの御子を殺しよった？」

「……それは、あとにして、河勝は、当たり散すような男ではない。ここは、多氏との好しみを重んじて、その頼みを受けた、というわれの推し量りに違いなかろうな……いうても、八十を過ぎて、じゃからなあ……妙といえば、妙じゃなあ」

「かの地の秦人から沙汰があった……」

御託を繰り返すカマタリと、その繰り言に押されて戸惑いだしたシムラに焦れたように、モモナが目を閉じたままの面《おもて》をすっとあげ、

「徒ら者がところの貧《まど》しい衆を惑わし、あるかなきかの財を放らせる。衆が、貧の底に堕ちる、とな。それを捨て置けるか。たとえ、遠つ国の民のこととて、放っておけるか。衆が奈落の底に落されるのを、黙《もだ》して見過《みすぐ》せるか……。

御門に頼まれようと頼まれまいと、か弱き民はわれが庇《たば》う。民を欺く僻事《ひがこと》を働く者は打ち据える。たとえ、身は老いても、われは、我が思うところを果たす。それが、我が性《しゃう》じゃ。分かったか、シムラ、はっはっは」

と、河勝の口を寄せ、〝高齢〟に似合わぬ艶っぽい声で、高笑いした。

「そうじゃった……『紀』に、《葛野の秦造河勝、民の惑わさるを憎みて、大生部多を打つ》とあった。河勝は、御門や多氏への心遣いでのうて、おのれの心の赴くままに、はるばる東国《あづま》の不尽河まで行き向かい、ところの衆を助たのじゃ。八十路を過ぎてなお、そうゆう類まれな心ばえの益荒男やったのじゃ。じゃから、ときの人が《太秦は神と聞え来る》と歌うて称えたのじゃ。われは、それを語るつもりが、あれこれ細かな仔細にかまけて、その要のところを忘れておった」

シムラが歓声をあげた。モモナの寄せた河勝の豪放磊落な口を聞くや、頭の中に霞りかけていた気

疎い霧が、いっきに吹き飛んだのだ。

「そやな。河勝さんやからな。民が誑かされる、宝を失くす、て聞いたから、齢も構わんと、遠い東国にまで行き向こうたのや。御門の仰せやら、大氏の頼みやらは、何程《なんぼ》のもんでもなかったやろ。ただただ衆を助けるために、遠路《とほぢ》を厭わず、出《い》で立ちはったのや。そうゆうお方なんや」

カマタリも、たちまち意気をあげた。〝隠れ反骨〟には、〝義侠心〟などという伊達な生き様が覿面《てきめん》に効く。なにより、妖艶な巫女の口寄せが捻くれ根性を吹き飛ばす。

「じゃろう……益荒男というのは、勝れて強く勇ましい男ということじゃろう。河勝は、只の益荒男でのうて、か弱き民を助けるという思いに満ち溢れた、雄々しい、心優しい益荒男やったのじゃ。民の難儀はおのれが掻き払う。みずからを投げ打ってでも、民を助ける。人に任せておかぬという質《たち》の男やったのじゃ。老いても、童のような初々しい心ばえで、己が思うところを果たすという、まさしの益荒男やったのじゃ。

沙汰したところの族も、まさか、齢の河勝が直々、ひとりで来るとは思うてのうて、さぞ、驚いたじゃろな、はっはっは」

「まさに、並みはずれた心魂のお方やったんやなあ……われはなんか、百年《ももとせ》掛けても、いや、ときをかけたら、かけるほど、益荒男にはなれん」

「われもな、はっはっは……けど、ここで、河勝の口を寄せてもらえるとは思わなんだ。ありがたい、まことにありがたい。われは、師の翁ばかりか、祖《おや》の河勝にも教えられた……《たとえ、身は老いても、われは、我が思うところを果たす。それが我が性じゃ》、か。目の醒めるような、潔い言いごとじゃなあ」

シムラが大きな目を潤ませ、

「モモナのお陰で、われは、わが一世《ひとよ》（一生）の宝というほどの教えを聞かせて貰《もろ》うた……いうても、われも河勝のような真似はできんが、老いても、末期《まつご》も、われは我なりに、悔いのないよう、生きてゆかねばな。せっかくの一世じゃからな。あっはっは、はっはっは」

と、笑いに、笑った。その割れるような大声を耳に、ふと目蓋を上げたモモナが、口寄せから醒めやらぬ眼で、浮き立つシムラをぼんやり眺めた。

（吾《あ》のお陰？……とは？……）

荒神

「河勝の厚い心ばえは、のちの祭られ方にも伝わっておってな……」

「はじめてなした大きな働き、最後になした勇しい働き、の次が、のちの祭られ方、か」

カマタリが悠長なシムラの駆足の語りをぼそっと皮肉り、エツメとキキが「のちの祭られ方」にぞっと首をすくめた。

「はっはっは……その三つに、〔翁〕を舞《も》うたという、あの伝えを合わした四つが、河勝の情け深い人となりを語る伝えとして、秦氏《はだのうぢ》の宝のように伝わるのじゃ」

これが締め、という風な笑み浮かべて、シムラが敬愛する祖の〝後生〟を語りだした。

「播磨の国の坂越《しゃくし》という浦に河勝を祭る大荒《おほさけ》神社があって、その縁起に、それが伝わる」

「……河勝さんは、播磨で祭られるのか？」

「播磨の彼方此方《をちこち》にな。亡き髏は、坂越の生島という、めでたい島に葬られるそうじゃ」

「めでたい島に、葬られる？」

「生く島、じゃな。河勝はいったんその島で生きあがった（蘇った）そうじゃ、ふっふ」

「生きあがった？」

浮かれるシムラの前で、カマタリが怪訝な眼をしばたき、エツメとキキがまた震えた。

「縁起によると、河勝は上宮太子《かみつみやのひつぎのみこ》に久しう仕え、末葉に散楽の芸を伝えたのち、難波《なには》の津から空舟《うつぼぶね》に乗り、風にまかせて西海《さいかい》（瀬戸内海）に流れ出《い》でたという。《化人《けじん》、跡をとどめず》という古くからの習いに従うて、出《い》で立ったそうじゃ」

「化人？」

「神や仏が、衆を救うために、人の形になってこの世に現われる仮の姿、つまり化身、あるいは権化《ごんげ》じゃろな。〈化人は、この世にその跡を遺さぬ〉という言い習わしがあって、その習いのとおりに、出で立ったらしい」

「益荒男の河勝さんは、末期《まつご》、いや、後生に化人になりはったのか。まあ、不尽河の衆に、神さんのなかの神さん、て詠われた人やからなあ。終わりぐらいは、神さんか仏さんの成り代わりを名乗っても……そもそも、河勝さんは、神さんか、仏さんの化身やったのやろか？」

「誰でも、もとは、神か仏らしい……神代には人は神じゃった。あるいは、神を名乗った、ふっふ。仏法でも、衆生《しゆじやう》に仏性《ぶつしやう》（仏としての本性）があるというじゃろう」

「……そうゆうたら、われも、そんな心地がせんでもないなあ……われは、もと、神さんやったのやろか？　それとも、仏さんやったのやろか？」

「われこそは、猥《みだ》りな、口やまぬ、心の拗《ねぢ》けた、老男《およしを》の、カマタリの命《みこと》、なりい」

「あのなあ、モモナ……」

みなの大笑いに眉をしかめたカマタリが、オヤジをなぶる癖があるらしい巫女をそっとうかがった。

(もしや、われの心の隅《くま》にある僻みか妬みを口寄せしよったのやろか？……)

むろん、表情は読めない。モモナ自身も、口を利いたことすら覚えていない、らしい。

「……空舟というのは、大きな木をくり抜いて造った丸木舟じゃな。河勝は、その中にすっぽり入《い》って、末期の風雲(さすらい旅)に出《い》でたのじゃろ。その流れ着いたところが、坂越の浦じゃった。その舟を見つけた浦人が、恐る恐る浜にあげると、なかにおった河勝は、人とは異《け》なる恐ろしげな姿でな。浦人に憑き祟った、という」

「嬰児のとき、壺に入って初瀬川を下り、殿上に召された河勝さんは、末期は、空舟に入って西海を流れ、着いた浦で物の怪《け》になって、人につき祟った、か……何方《どっちゃ》も、流れ、現われて、やけど、あとのは、死に際の伝えやから、ちいっと怖い、ひっひっひ」

カマタリの不気味に笑う震え声に、エツメとキキが唇を震わせた。

「そうなのじゃ。いずれも、天から降った国の始祖《はじめのおや》が殻を破って生れたという、あの三韓《みつのからくに》の伝えに擬《なぞら》うのじゃ、ふっふ」

「河勝さんは、三韓の始祖の伝えそのまんまに、壺から生まれ、また、空舟のなかで物の怪に生まれ変わった、ゆうことか……秦さんのご先祖も、よう、作ったなあ」

「浦人に憑き祟った河勝じゃが、奇瑞《きずい》も成したという……」

さて〝本題〟と、笑顔のシムラがわれ知らず胡坐を組みなおした。

「浦に、なにかの吉事《よごと》や、妙《めう》なことが起こる徴《しるし》を表わしたのじゃろな。その河勝の崇りを畏れ、また、奇瑞の験《げん》を崇めた浦人が、河勝を祭った。すると、浦が豊かになったという。異な様で流れついた河勝は、はじめは荒々しう浦人に崇ったが、祭られると、恵みの徳を表わしたのじゃ、ふっふ」

「たしかに、御霊さんも、神さんも、祭られたら、祭られるほど喜びはる、て聞くなあ」

「その祭られ方じゃ。それが、まさに、河勝らしい祭られ方なのじゃ。浦人は、河勝の神を大きに荒るると書いて、大荒大明神と名づけたという。荒神《こうじん》として祭ったのじゃな。

荒神は、荒々しう崇る神じゃが、ふたつの相を持つ神という。怒れば、崇りをなす荒い神になり、咲《わら》えば、恵みを授ける穏やかな神になる。心が苛つときは、怖い神になり、心が静かなるときは、優しい神になる。ふたつの相を併せ持って、変幻自在に変わる神なのじゃろな……役行者が、金剛の御山で行《おこない》に励んでいたときに悟った相らしい」

「神さんを覚った？」

「……そもそも神は、人が覚ってこそ、人に知られる神になられるのじゃ。高天原には天つ神が、この世には国つ神が坐《ま》します。常世の国にもな……神は、何処《いづこ》にも、八百万《やおよろず》といわれるほど多《さは》に坐します。が、人が覚らんかぎり、人に知られん神霊のままじゃろ」

それはそうか、と頷いたカマタリが、恐ろしげな横目でモモナをうかがった。

（さっきは、われのなかに坐します妙な名ァの神さんを、観《み》よったのやろか……）

「荒神は、火の神としても祭られる。穢れを忌む神で、清いところや、穢れを焼き尽くす火の元などを好まれる神といい、家のなかでは竈《かまど》に坐《ま》しますらしい。じゃから、家と家人《いへびと》を火から守る神、厨《くりや》（台所）を守る神、さらに煙《けぶり》（暮らし）を守る神として祭られる。

浦人は、河勝をその荒神として崇め、祭った。祭られると、河勝の神は、その名に違《たが》わず、ところの浦人を豊かにし、浦を豊かにしたのじゃな」

「……浦人は、河勝さんの民を労わる益荒男の名ァを聞き知って、荒神に祭ったのやろか？」

「秦造の河勝の名は、聞き及んでおったじゃろな。播磨には秦人《はだびと》の在所が二十《はたち》ほどあるというからな。が、益荒男の聞こえの故に、祭ったのではないじゃろな。はじめは河勝と知らず、ただ、その祟りを畏れ、また、奇瑞の験を敬うて祭ったのじゃろ」

「何心《なにごころ》なし（無心）に、ねんごろ祭ったから、験があったんやろなあ……欲ぼりで祈るわれなんか、拝んでも拝んでも、外してばっかりやもんな、へっへ」

「カマタリも、そのむかし、神のお恵みで好《よ》き妻《め》を授かったじゃろ」

「そやった。モモナも、たまに好《え》えことをゆうてくれるなあ、くっく」

「それが、はじめで、終わりのお恵みじゃろ」

（……………）

「河勝の神の験をたな知った浦人は、日に異《け》に河勝を高う崇めるようになった。それが音に聞こえて、播磨の赤穂郡《あこおのこほり》にある三十《みそ》ほどの神社に勧請されたという。河勝は、ついに播磨の国の守り神になったのじゃな。大荒大明神は、いまも霊験あらたかという。ところの衆は、その神社を猿楽の宮とも、宿《しゆく》神《じん》の宮とも呼ぶそうじゃ。いよいよ、散楽の祖《おや》の河勝らしい祭られ方じゃろう、ふっふ」

……浦人、その舟をあげて見れば、その形、人に変われり。もろ人につき祟り、奇瑞をなす。すなわち神と崇め、国豊かなり。大きに荒れると書きて、大荒大明神と名づく。いまの代に霊験あらたかなり。大荒大明神の本地は、毘沙門天（仏教の守護神である四天王の一柱・多聞天とも）にまします

『風姿花伝』

……

「なんで、河勝さんは、浦人に崇ったたのやろ？　民をよう労わったて伝わる河勝さんにしては、不似合いゆうか、悪霊《あくりりやう》に堕ちたような……はじめから奇瑞を表わして、浦を豊かにした方が、河勝さんらしいと思うけどなあ」

カマタリがもっともな疑問を口すると、

「ところの衆に教えて、諭したのじゃろ」

待っていたようにシムラが返した。

「妙《たへ》なる験《げん》をな……人の魂《たま》は、人が身罷ると、その身を離れるが、御霊《みたま》になって世にとどまる。その御霊は、和《にき》御霊や幸《さき》御霊になって、人に幸《さきは》いを授けることもあれば、荒《あら》御霊になって、人に祟ることもある。その荒御霊も、人がねんごろに祭れば、和御霊や幸御霊に変化《へんげ》されるという。御霊もいろいろな相を持つのじゃな。

河勝は、身をもって、その理《ことわり》を教えたのじゃろ。神や御霊を崇めて、ねんごろに祭れ。さすれば安

穏と幸いが授かる、という妙《たへ》なる験、いわゆる霊験《れいげん》をな」

これぞ、わが敬愛する河勝の後生の健気な生き様、と満面に笑みをこぼす。

「たしかに、神さんや御霊さんを崇めて、ねんごろ祭ったら、なにやら吉事《よごと》が起こりそうな心地がするなあ……おおかた、心地のみに終わるけど……」

「同じような理《ことわり》は、仏法にもある……仏法には、恐ろしい怒りの相の明王と、慈悲深い優しい相の菩薩があるじゃろう。明王は、度し難い者を打ち拉《ひし》ぎ、仏法に帰依して善きことを行うよう教え、戒める仏じゃ。菩薩は、みずから悟るとともに、悟った功徳と利益《りやく》を衆生に施し、煩悩から解き放つ仏じゃな……筋も形《なり》も、ちと違《たが》うが、荒御霊は、いわば、その明王にあたる御霊、和御霊と幸御霊は、菩薩にあたる御霊じゃろな。

河勝は、まず、その荒御霊、あるいは、明王になって現われ、浦人に祟った。が、奇瑞の験も表わした。祟りを畏れ、奇瑞の験を敬うた村人が、河勝を荒神と崇めて祭ると、和御霊、幸御霊、あるいは菩薩になって徳を施し、浦と浦人を豊かにした……妙なる験をみずから表わして、神や御霊を篤う崇めて、ねんごろに祭るよう衆に教え諭したのじゃ。さすれば徳を授かる、とな」

「ゆうことは、不尽河《ふじかわ》で大生部多を打ち据えたときは、荒御霊か、明王になってはったんやろか？」

「そういえば……そう、じゃろ、な」

「けど、秦さんの長《おさ》ともあろうお方が、なんで、末期《まつご》に、空舟なんかに籠って西海に流れ出でたんやろう？　なんとも淋《さぶ》しいゆうか、侘しい旅立ちや。なにかを怖れて、逃げ隠れたような出で立ちやろう。すえに、その舟のなかで、人とは思えん物の怪に成り果てて、ところの衆に祟った……なんとも、惨すぎる往《い》に方や」

「……唐土《もろこし》に、空舟を棺に使う習わしがあって、貴人《あてびと》が身罷ると、その亡軀《なきがら》を空舟に乗せて長江に葬《はぶ》るそうじゃ。河勝は、その風に習うて、みずからを空舟に納めて、流れ出でたのじゃろな」

カマタリの繰り言に、シムラがきっぱり返した。ここからが、おのれの描く〝河勝の真骨頂〟と口元をほころばせる。

「嬰児のとき、欽明天皇の御夢に現われて、秦の始皇帝の生まれ変わりを名乗った河勝さんは、その唐土の貴人を葬る風に習うておのれを葬った、ゆうことか？」

「……葬ったというより、後生を楽しみに、おのれの一期《いちご》（一生）から旅立ったのじゃろな」

「末期、いや、後生の遊行《ゆぎやう》、のような？」

「はっはっは……後生で、我が思うことを為そうという出で立ちやったのじゃろ」

「後生で、なにかをなす？」

気忙しいカマタリがまた少々苛つきだした。いつもの伝で、おのれの想念と戯れるシムラに焦れだしたのだ。

「……八十《やそ》を越えた河勝は、秦氏の長たる秦造《はだのみやつこ》の事業《ことわざ》をやり終えた。東国《あづま》の不尽河にも行き向かい、大生部多を打って、ところの衆も助けた。何もかもやり尽くしたのじゃな。それに、もはや齢《よはひ》じゃ。末期を観念せねばならん。

そういう折、というか、大生部多を打った前の年じゃが、痛ましい一落が起こった。さきに言いかけたように、あの蘇我入鹿が太子の世継ぎの山背大兄王をはじめ、御族《みぞう》をことごとく滅ぼしたのじゃ」

「太子さんの御子らを、滅ぼしよった？」

カマタリが金壺眼を剥き、エツメとキキが髪の毛を逆立てた。

「……入鹿は、舒明天皇の跡に、舒明天皇の妃で、己が叔母の法堤郎媛《ほほてのいらつめ》が生した古人大兄皇子《ふるひとのおほえのみこ》を立てようと謀っておったらしい。おのれで蘇我の筋を引く皇子を次の日嗣ぎに立てて、わが思うままになる御門を作ろうと図っておったのじゃろな。

が、案に違《たご》うて、太子の御子の山背大兄王の名が世にのぼりだした。山背大兄王も、入鹿の甥に当たり、蘇我の筋を引く皇子じゃが、入鹿には、従兄弟の古人大兄皇子の方が近かったのじゃろな。ときの舒明天皇の御子ということもあって、頼もしう交わっておったのじゃろ。

で、おのれの謀りを遂げるべく、群臣を斑鳩の宮に遣って山背大兄王を襲わせた。怒った山背大兄王の臣らが、大兄王の御前に進み、まず、秦の本所に近い深草の屯倉に落ち延び、そこから東国《あづま》にあった上宮《かみつみや》王家の屯倉に行き向こうて、兵《いくさ》を興すよう勧めた。が、大兄王は、《わが身一つのゆえに、軍《いくさ》を起こし、大御宝《おほみたから》（民）を損なうのは偲びがたい。わが身を入鹿に賜う》と仰せて、一族もろともみずから首を括られたのじゃ」

「さすが、太子さんの御子やなあ。お情けが深い。それに引き換え、入鹿ゆうのは、実《げ》に非道な奴ちゃ。そんな無道を許した父の蝦夷も情けない」

「蝦夷は、知らなんだようじゃ。あとでその一落を聞いたとき、《なんと愚かな、悪《あ》しき業を為しおったか》と、罵ったとある」

「いよいよ情けない親やな……あとからなら、われでも罵れる」

「その一落が、河勝の心を萎えさせた。河勝は、守屋との戦いで太子に庇《たば》うてもろうたときから、わが身と心は太子に捧げるべきものと心得てきた。その太子が崩《かむさ》られ、心が空《むな》しうなった。が、せめて太子の遺された御子たちを支えようと思い直し、一心に勤めてきた。その御族《みぞう》もことごとく滅ぼされ、いよいよ心の張りを失うた。

が、いまひとたび、心を起こした。ここで、己の一期に切りをつけて後生に旅立ち、あの世から民を労わろうと思い立ったのじゃ。で、空舟に籠って西海に出で立った。流れ着いた先の地で、ところの衆を労わろうとな」

「後生に、どっかの民を労わろうと、空舟に乗って西海に流れ出でた？」

カマタリが、ほとほと感心したように、祖を〝盲愛〟する素人史家を見詰めた。

「買い被りすぎか、ふっふ……たしかに、この河勝の出で立ちには、いろんな説がある……ある者は、入鹿が、上宮王家に近い河勝を憎み、滅ぼそうとしたので、その難を避けて、秦人の里が多い播磨に逃れたという。また、ある者は、中大兄皇子と中臣鎌子《なかとみのかまこ》、のちの藤原鎌足から入鹿を滅ぼす謀《たばか》りに誘われたため、それを嫌うた河勝が身を隠したという。

いずれも、もっともらしいが、思い回し過ぎじゃろな。ときの河勝は《葛野の秦造》になっておって、御門の政《まつりごと》から離れておった。そもそも、河勝は政《まつりごと》に縁の浅い男じゃ。軍《いくさ》に加わったのも、守屋とのあの戦いの一度《ひとたび》きりじゃ。それも、仏法に依る新たな世を造るという御志の太子を守りたい一心で加わったもので、おのれの思わくで加わったものでない。河勝は、入鹿や中大兄皇子の目にとまるような男ではなかったじゃろ。

河勝は、おのれの心の赴くままに、後生に出で立ったのじゃ。モモナが口を寄せたように、〈たとえ、身は老いても、われは、我が思うところを果たす〉とな、ふっふ」

「なんとも頼もしい心ばせやけど、末期に、後生でまた、どっかの民を労わろうてな、そんな雲をつかむような、健気なことを思いつくやろか？……」

「河勝じゃからな、ふっふ。それが印に、かの地の荒神になって祭られるじゃろう」

「そらまあ、そやろけど……末期に、後生でまた、てなこと……」

カマタリがぶつぶつと繰り返した。あまりに世離れした心ばせ、というより、河勝を盲愛するシムラの〝独り合点〟としか思えないのだ。

「……たしかに、誰でも、老いの末《すゑ》は手弱《たよお》うなるものじゃろな」

「老いの繰りごとやら、老いの僻みやら、情けない世迷《よま》い言やら……」

「まして、末期は、淋しい、侘しい、恐ろしいものじゃろな。たとえ、貴人《あてびと》でも、氏の長でも、有徳《うとく》（金持ち）でも、それは、みな同じじゃろ。今は、という閉じめ（今はの際）ともなると、誰でも心細うなるじゃろな」

「財《たから》があっても、まわりに家人や臣がおっても、あの世へはひとりで逝くんやからなあ」

「が、心の持ち様で、老いの世（老後）も、末期も、後生も趣が変わってくるという。思い様によって、ちっとは楽しい健《すこ》やかな一世《ひとよ》や、末期になるらしい。後生もな、ふっふ」

「そらまあ、悔いたり、嘆いたりしてても、心は沈むばっかりやけど……」

「河勝が、身をもってその良え本《えほん》（手本）を示すように思うのじゃ。好《え》え心ばせを保って、わが思うように生き通せ。さすれば、ちっとは先が明るうなる、という本をな」

「そうゆうたら、われも、みなし児のころ、おのれで己の勘忍に細《ささ》な被物《かづけもの》（褒美）を呉れてやった。泣きながら堪えるわれを、われで褒めてやりながら、ひとりで……」

にわかに暗い過去を思い起こしたらしいカマタリが、少々ずれた感慨に耽ると、

「己の一世や末期、さらに後生に花を添えられるのは、己が心の持ち様のみ、ということじゃろな。案ずるよりも、この先なにをなすかに心を凝らす。怒ったり、哀しんだりするよりも、些《ささ》な喜びや、楽しみに思いを巡らす……それが、おのれの一世や、末期に、好《え》え彩りを添える、ただ一つ方なのじゃろ」

シムラがおのれに言い聞かせるように、じっくり言葉を重ねた。

「唐土にも、同じような教えがあるそうじゃ。《福は求むべからず。喜神《きしん》を養い、もって福を招くの本《もと》と為さんのみ》とな……ことさら福を求めようとするな。喜び、また、楽しむ心を養うべし。その心をもって、幸《さきわ》いを招く元にせよ、ということらしい」

「唐土にも、まれに好《え》え教えがあるんやなあ……老いても、末期も、おのれで楽しんだれ、貧がなんじゃい、ゆうようなこっちゃろな」

カマタリも、曲がりなりに、おのれの老い先に仄かな明かりを見はじめたらしい。

「まあ、そうじゃろな……この世で思いの丈に生きた河勝は、末期に、民に教え諭して、労わるという楽しみを思い起こし、それを胸のうちに温めて、後生に旅立った。末期も、後生に向けても、わが

思うように生き通したのじゃ。民を仕合せにする働きを楽しみ、それをおのれの仕合せの元にした男がおのれの一期《いちご》（一生涯）を、おのれらしゅう、まっとうしたのじゃ」

「行ったこともないあの世から、ところの民を労わろうと勇んで、楽しみの後生に旅立った、か……シムラは、どこまでも河勝さんが好きなんやなあ」

多少心が動いたものの、憂き世の垢にまみれるカマタリはそう無邪気に乗りきれない。

「はっはっは……じゃが、河勝はいま、播磨国の天《あめ》を終《つい》の住処にしておる。播磨の彼方此方の神社に祭られ、ところの民を労りながら、あの世で楽しう暮らしておるのじゃ。おのれの思うたとおりにな。大荒大明神はいまも霊験あらたか、と伝わるからな」

「あの世でも、わが思うとおりに、楽しう働いてはる、か……京《みやこ》からも、葛野からも離れて寂《さぶ》しいやろが、彼方《あつち》で、荒神さんに祭られるんやから、心行く後生かもなあ」

「河勝の奥つ城《き》は太秦《うづまさ》にもあってな。蜂岡寺《はちのをかでら》（現、広隆寺）の御堂の未申《ひつじさる》（南西）の塔婆の前に石の塔があり、それが河勝の墓所《はかどころ》という。また、河勝の大荒大明神が、御堂の西にある神社（のちの大酒神社）に祭られるそうじゃ。その御堂の東に池があって、そこに、奇《く》しくも秦の始皇帝の髑髏が祭られるという……河勝は、欽明天皇の御夢のなかで、おのれが成り代わりを名乗った遠祖《とほつおや》とともに、みずから開いた葛野の地と、その民も守りつづけておるのじゃ」

「羨ましいほど、仕合せなお方やなあ」

「じゃろう、ふっふ。その河勝を仕合せにしたのが、みずから楽しみながら、また、心の赴くままに、思い励んで学び、働く、という心ばえじゃった。辛い、侘しい、淋しいと嘆いて、労《いたつ》きを託つばかりでは、わが一世に花は咲かせられん。いつ、いかなる瀬にも、わが思うように、悔いのう生きるべし。おのれで、おのれの一世に、節《せつ》折々の色を添えるべし……河勝は、いまも、みなに、そう教えておるように思う。太子の名づけられた《楽しみ申す》の申楽を末葉に継いだ、散楽の元祖《もとつおや》じゃからな、ふっふ」

「一世も、末期も、後生も、わが心の赴くままに、なあ……そんなん成せたら……」

「まあ、おおかたの者は河勝のようには生きられんじゃろが、心の持ち様で、老いの世もちっとは穏やかに過ごせる。末期も静かに迎えられるし、あの世へも安らかに旅立てる……そう思うて、心やすらかに生きることじゃろな、ふっふ」

「……シムラは、どうも、このごろ、人の道やら徳やら心得やらを説きたがるなあ。いよいよ、そうゆう齢《よわい》に……まあ、われも、たっぷり齢やけど」

「……わが心の師の河勝が身をもって教えることじゃから、なおさらな、ふっふ」

「たしかに、とりわけの好《え》え師なんやろなあ……なら、われも、ひとつ、その心ばえのお零れに与《あづか》って、老いの末も、末期も、心健やかに生きるとするか。いや、その先も、あの世とやらに行っても、もし逢えたら、むかしの妻《め》と添いなおし、折ふし冥途のふること語りに集い、日並み甘《うま》いものを飽き足るほど喰い……ゆうのは、違《たが》うか。それに、あの世でも、貧は貧やろからな。持っていくような蓄えなぞ、さらさらないもんな、くっく」

「われもない。そのほうが心安い（気楽）じゃろ、あっはっは」

「ないないづくしで、憂いもなしか、くっく……まあ、先のこと、まして、後生のことなどとんと分からんけど、心の持ち様によって、いつでも、老いの世も、末期も、安らかに暮らせるゆうこっちゃな。そう思うたら、なにやら心が軽うなる。心の持ち様なら、いつでも、直《ぢき》に変えられるもんな。一銭もかからんし……なら、我もこれから、われは我なりに、わが一世、末期、ことのついでに後生にも、花を添えてゆくか」

「いまから直《じき》に、われは我なりに、な」

「ゆうても……どんなんが我なりなんか、分からんけどな」

「あっはっは、はっはっは……さあて、こたびは、ここまでとするか」

シムラの朗らかな声で、皆が軽々と腰をあげ、キキが足を滑らせて、笑いこけた。

編集部註／作品中に一部差別用語とされている表現が含まれていますが、作品の舞台となる時代を忠実に描写するために敢えて使用しております。

【著者紹介】

山本 範正（やまもと のりまさ）
生年月日：1944年6月30日
職業：無職
略歴：1968年3月 大阪外国語大学（現、大阪大学外国語学部）インドネシア語科卒業
1968年4月 特殊法人日本貿易振興会（現、独立行政法人日本貿易振興機構＝ジェトロ）入会
東京本部調査部・経済情報部、大阪本部、ジェトロ・ジャカルタ・センターなどで、主に東南アジアの経済・産業・市場と国内地域産業の国際事業の調査に従事。
2007年3月 退職（延長定年）

ふること語《かた》り ——渡来《とらい》の大族《たいぞく》・秦氏《はだし》を育《そだ》てた長《おさ》たち——

2019年8月17日 第1刷発行

著 者 — 山本《やまもと》 範正《のりまさ》

発行者 — 佐藤 聡

発行所 — 株式会社 郁朋社《いくほうしゃ》

〒101-0061 東京都千代田区神田三崎町 2-20-4
電 話 03（3234）8923（代表）
FAX 03（3234）3948
振 替 00160-5-100328

印刷·製本 — 壮光舎印刷株式会社

郁朋社ホームページアドレス http://www.ikuhousha.com
この本に関するご意見・ご感想をメールでお寄せいただく際は、
comment@ikuhousha.com までお願い致します。

 ISBN978-4-87302-697-8 C0093